Marius Meinhof

Die lange Straße

Marius Meinhof

Die lange Straße

Burg Verlag Rehau

Die Deutsche Bibliothek verzeichnet diese Publikation in der Deutschen Nationalbibliografie.
Detaillierte bibliografische Daten sind im Internet über http://ddb.de abrufbar

Burg Verlag, Rehau
Burgstr. 12, D-95111 Rehau
Tel.: +49 (0) 9283 / 81095
Fax: +49 (0) 9283 / 81096
mailto: Burg-Verlag@t-online.de
www.Burg-Verlag.com

Lektorat: Marianne Glaßer, Röslau
Layout und Gestaltung: Susanne Vetter / Stefan Lingl
Lingl & Friends, Werbeagentur, Marktredwitz
Titelbild: Susanne Vetter
Umschlag/-gestaltung: Susanne Vetter
Druck und Bindung: EuroPB s.r.o., Pribram

ISBN 978-3-937344-08-9 - 2. Auflage August 2007

WIDMUNG UND DANKSAGUNG

Dieses Buch widme ich den Heiligen Vier und ihren „großartigen“ Taten: Christian „Proll“ Köhler, Johannes Höfer und Severin Fischer.

Mein Dank gilt vor allem den Leuten aus der „Wohnung“-Clique, durch die ich Frauenarzt, Automatikk und viele andere Bands kennen gelernt habe und ohne die dieses Buch niemals hätte geschrieben werden können. Insbesondere zu erwähnen sind: Matthias Köhler und Peter Friedrich (die Eigentümer).

Mein Dank und meine Liebe gelten Susanne Vetter, die wie ein wunderbares Märchenwesen in mein Leben gekommen ist und es während der letzten Monate vollkommen verändert hat.

VORWORT

Diese Erzählung handelt nicht von Ghettokindern aus Ossendorf und auch nicht von Jugendlichen aus Problemfamilien, sondern von ganz normalen Jungs aus relativ intakten Mittelschichtfamilien, die ein relativ normales, angepasstes Leben in einer typischen Kleinstadt führen. Sicherlich gibt es in jeder normalen Gymnasiumsklasse eine ganze Reihe von Jungs, die genau wie Chris sind.

Alle Personen in dieser Geschichte sind frei erfunden. Alle Orte und Geschehnisse in diesem Buch sind real. Die Meinungen der Hauptpersonen dieses Buches entsprechen nicht den Ansichten des Autors.

1

Es war ein Freitag im Februar und mich kotzte mal wieder alles voll an. Es war nicht besonders kalt, nur eben so, dass man mit Jacke herumlaufen musste. Ich saß im Bus, der gerade mit 40 km/h an der Baustelle vorbeifuhr, und starrte stur aus dem Fenster. Irgendwie fand ich es scheiße, dass der Bus so langsam war, obwohl ich eigentlich nur zur Schule musste, auf die ich überhaupt keinen Bock hatte.

Trotzdem nervte mich die Baustelle, wegen der man statt 70 nur 30 fahren durfte. Natürlich fuhr der Bus immer zu schnell, aber eben doch langsamer, als er gekonnt hätte.

Was mich eigentlich störte, war ja, dass auf der Baustelle nie jemand zu sehen war, seit ein paar Monaten schon, und trotzdem mussten alle ganz langsam daran vorbeifahren.

Ich saß also da und mein Gehirn war mal wieder voll auf Stress aus, wegen der Baustelle und der Schule.

Wenigstens war die Busfahrt nicht völlig versaut, weil eine Haltestelle weiter stieg der Decker ein. Der Decker war mein bester Freund aus der Schule. Er fuhr mit meiner Linie und wir trafen uns oft abends in der Stadt.

Jedenfalls sah er mich sofort und kam gleich auf mich zu. Der Decker trug eine dicke schwarze Jacke und Jeans, natürlich baggy, wie eigentlich alle Leute. Bei uns hängen die Hosen zwar nicht unterm Arsch wie bei den Skatern und so, aber eben ein bisschen tiefer.

„Hi, Chris, was geht so?“

„Scheiße“ sagte ich. „Hab heut echt auf nichts Bock“

Darauf gabs erst mal nichts zu sagen, deshalb saßen wir eine Weile schweigend da. Dann fing der Decker wieder an, was ich denn heut Abend so vorhätte.

„Heut geb ich mir die Kante.“ Das war klar, wenn die Schule und das Leben mal wieder nur noch stressen, dann muss man halt saufen, wenigstens am Freitag und Samstag.

„Geht irgend ‘ne Party?“, fragte Decker.

„Keine Ahnung. Ich schätz mal, wir treffen uns beim Asm.“

Mehr wusste ich eben auch nicht, weil es noch früh am Morgen war. In der Schule würden wir schon jeden fragen, was so in der Stadt abging. Aber wahrscheinlich war mal wieder nichts los.
Die restliche Fahrt über sagten wir nichts mehr, sondern hörten Musik, der Decker mit seinem Mp3-Player und ich übers Ipod. Ich hatte so etwa 200 Songs auf dem Gerät, die in irgendeiner Reihenfolge abgespielt wurden. Meistens wusste ich selbst nicht, was als Nächstes kam. Das erste Lied hatte ich erst vor ein paar Tagen eingespielt. Von Automatikk, so 'ner krassen Gruppe aus Nürnberg:

„Zeig den Mittelfinger, zeig ihn jetzt
Zeig ihn jedem, der sich dir widersetzt
Deinen Feinden und jedem, der dich stresst
Zeig den Mittelfinger, scheiß aufs Gesetz.

Ich zeig mein Mittelfinger, während ich mein Bier sauf
Ich zeig mein Mittelfinger, wenn ich sag, ich scheiß drauf
Ich zeig mein Mittelfinger sogar dem Gesetz
Ich zeig den Mittelfinger in der Arbeit meinem scheiß Chef
Ich zeig mein Mittelfinger jedem, der mich ankotzt
Und natürlich auch jedem, der mich anglotzt
Ich zeig mein Mittelfinger jedem schwulen Popstar
Ich zeig mein Mittelfinger fast jedem Opfer
Ich zeig mein Mittelfinger jedem, der ihn haben will
Und sogar der Schlampe, die mir einen blasen will
Du willst sein wie ich, dann mach immer ärger
Zeig den Mittelfinger in der Schule deinem Lehrer."

Und so weiter. Das Lied taugte mir grade so richtig und ich vergaß alles um mich herum, bis der Bus bei meiner beschissenen Schule hielt. Es waren nur ein paar hundert Meter von der Haltestelle bis zum Schulhaus, aber morgens wars 'ne Qual, den Weg zu laufen. Vor der Schule hingen schon zwei Typen aus unserer Clique rum, Berger und Hofi, und rauchten schnell noch eine. Ich allerdings nicht, weil ich nichts rauche. Zwei kleine Mädchen aus der

Sechsten kamen auch sofort an und schnorrten eine Kippe.
„Hast du gesehen?“, fragte Hofi, der ihnen die Zigaretten gegeben hatte. „Die eine hatte schon richtig fette Titten.“
„Verdammter Kinderficker“, sagte Decker. „Die waren höchstens zwölf oder so, da kommst du in den Knast.“
„Nur wenn man über 16 ist“, behauptete Hofi, und weil er selber erst 16 war, konnten wir dazu nichts mehr sagen. Irgendwie hatte ich aber nicht das Gefühl, dass Hofi sich wirklich mit solchen Sachen auskannte.
„Trotzdem bist du ‘ne pädophile Sau.“
Ich zuckte nur mit den Achseln und steckte die Hände in die Hosentaschen, weil es doch ziemlich kalt war so früh am Morgen. Die drei Raucher standen im Kreis um mich rum und bliesen mir den Qualm ins Gesicht. Nicht dass es mich gestört hätte, in den Kneipen ist es auch voller Rauch. Das macht mir nichts, ich rauch nur eben nicht selber.
Wir standen also rum und sagten erst mal nichts weiter, während ich mir so meine Gedanken über die Leute machte.
Unsere Clique, ja, das war ‘ne tolle Gruppe. Klar, wir waren schon irgendwie frech und hatten keinen Bock, uns unterzuordnen und so, aber trotzdem waren wir ganz gut in der Schule. Wir hatten halt Spaß, gingen weg und genossen unsere Jugend, halt wie jeder normale Jugendliche heute. Es gab schon diese kaputten Typen aus Filmen und Büchern, die drogenabhängig waren oder auf der Straße lebten oder so, aber wir waren gar nicht wie die. Auch nicht wie die Gangstas, die nur rumhingen und sich schlägerten. Nee, eigentlich waren wir ein paar ganz normale Jugendliche, so wie fast alle, die ich kannte, vielleicht ‘n bisschen cooler drauf. Und wir hatten ‘ne tolle Zeit, auch wenn die Schule und das Leben nervten. Das Ausgehen jedenfalls war richtig geil.
Lehrer und Bullen behandelten uns ja teilweise, als wären wir die letzten Assos. Dabei war’n wirs gar nicht. Wir hatten alle halbwegs gute Noten und unsere Eltern warn auch ganz normal. Mein Vater war bei Siemens und wir hatten ein Haus und zwei Autos und all das.
Nee, Unterschicht oder so was in der Art war’n wir alle nicht, wir

hatten halt einfach Spaß am Saufen.
Der Decker war mein bester Freund, mit dem ich mir ziemlich viel zu sagen hatte. Wir hingen öfters nach der Schule noch ein oder zwei Stunden rum und gingen jedes Wochenende zusammen weg. Er war ziemlich gut in der Schule, hatte etliche Einser und Zweier und lernte auch recht viel vor den Schulaufgaben, was ihn aber nicht davon abhielt, wie ein Loch zu saufen. Er war schon ein bisschen anders als die anderen beiden, weil er mehr für die Schule lernte und weil er auf Rock und nicht auf HipHop stand. Der Decker hörte dauernd so Mucke von kleinen Independent-Bands aus Erlangen, seine Lieblingsgruppe hieß Mefisto (mit F wie fisten), und Hofi, der Aggro Berlin und Frauenarzt toll fand und Mefisto und Co. hasste, pisste sich deshalb ab und zu ziemlich auf. Dann gabs die fettesten Battles zwischen den beiden, bis wir sie festhalten mussten, damit sie sich nicht gegenseitig eins auf die Fresse gaben.
Berger war der größte Proll, den ich kannte. Er redete meistens über Titten, Autos und Saufen, aber er war auch ein ziemlich lustiger Typ, so einer, der es einem nicht übel nimmt, wenn man ihn mal verarscht. Er war ein ganz guter Sportler, hatte früher Fußball gespielt und machte seit drei Jahren Kickboxen.
Hofi war der Kleinste aus der Gruppe und ziemlich versaut, aber auf so eine Art, dass man es nicht gleich merkt. Die meisten hielten ihn für einen relativ braven, verpeilten Typen, aber wer ihn besser kannte, der wusste, dass Hofi ohne Ende saufen konnte und jeden Abend damit beschäftigt war, irgendwelche Pornos aus dem Internet runterzuladen. Wie gesagt, Hofi und Berger waren HipHop-Fans und fuhren vor allem auf so deutsche Sachen ab. Berger mochte mehr Bushido und diese Sachen im Gangsta-Style, Hofi stand voll auf Frauenarzt.
Da standen wir also, unsere Clique aus der Schule. Alle außer mir rauchten und warteten darauf, dass es acht wurde. In der letzten Zeit verbrachten wir vier unsere Tage meist damit, Musik zu hören, im Suff Scheiße zu bauen und in GTA Leute wegzuslayen. Klar, es gab da auch noch die Schule, aber da war eigentlich nichts Gescheites los, Zeug also, das man lieber vergessen wollte. Es gab

so viele Probleme in unserem Leben, da konnten wir uns echt nicht mit allen extra beschäftigen, und Zeit für die Schule hatte man dann auch nicht mehr so viel. Aber ich glaub, das wissen die Lehrer schon und das Ganze ist eh schon so eingerichtet, dass keiner alles macht, was so verlangt wird. Sonst könnte man sich ja gleich erschießen, weil man außer der Arbeit überhaupt kein Leben mehr hat.

An diesem Morgen standen wir einfach nur rum und ließen die Zeit an uns vorbeifließen. Eigentlich war es saukalt, aber in der Schule drinnen durfte man ja nicht rauchen, also mussten wir draußen warten.

„Mathe in der ersten, oder?“, fragte Hofi irgendwann.

Da fiel es mir auch schon ein. Scheiße, die Hausaufgaben. Natürlich hatte ich sie vergessen, aber es war auch längst zu spät, um sie noch abzuschreiben.

„Egal“, entschied ich. Herr Anders, diese Drecksau, konnte mich mal. Ich hatte schon zwei Verweise dieses Jahr, auf noch einen kam es mir nicht an und mehr konnte der Anders eh nicht machen.

Wir gingen also in unser Klassenzimmer, nachdem wir zu Ende geraucht hatten. Ein paar Leute saßen schon da, die meisten erschienen aber erst ein paar Sekunden vor acht.

Die Stunde war scheiße. Natürlich bekam ich erst einmal meinen fetten Anschiss, weil ich schon dreimal die Hausaufgabe vergessen hatte. Herr Anders war richtig sauer, anscheinend hatte er sowieso einen schlechten Tag. Er fragte mich, ob meine Eltern mich nicht erziehen würden, und sagte mal wieder voraus, dass aus mir eh nichts werden würde.

Ich hörte mir eben das Ganze an. Mehr konnte ich nicht machen, aber es interessierte mich natürlich eh nicht. Dass man später mal irgend'nen scheiß Job hat oder arbeitslos wird, das ist sowieso klar, da hat 'ne Sau wie der Anders nichts zu melden. Nur dass er auch über meine Eltern lästerte, pisste mich schon ein bisschen an.

Zum Glück wurde der Anders von einem Mädchen aus unserer Klasse unterbrochen, die zehn Minuten zu spät kam. Johanna war ihr Name, ich kannte sie schon, weil sie auch manchmal vor'm Asm rumhing. Sie kam öfters zu spät, aber das zählte bei ihr

irgendwie nicht so viel.
„Bus kam nicht“, murmelte sie und setzte sich gleich auf ihren Platz ganz hinten im Eck.
Irgendwie musste das den Anders abgelenkt haben, denn er fuhr mit dem Unterricht fort. Ich hörte natürlich nicht mehr hin, denn ich war schon ziemlich sauer, auch wenn mich eigentlich nicht interessierte, was er zu sagen hatte. Trotzdem, es ist immer scheiße, wenn man fertiggemacht wird und sich nicht wehren kann. Außerdem hasse ich es, wenn jemand meine Familie und so beschimpft.
Der Tag hatte sowieso schlecht angefangen und jetzt ging er anscheinend so weiter. Ich kritzelte mit meinem Stift irgendwas auf mein Schulheft und dachte daran, wie ich mich rächen konnte. Ich wusste schon, dass ich sowieso nichts machen konnte, aber es half trotzdem.
Jedenfalls hatten wir danach Englisch und ich war immer noch total angefressen. Ich hatte auch keinen Bock, mich mit Decker, der neben mir saß, zu unterhalten, sondern saß einfach nur da und strömte Hass aus.
Irgendwann wurde ich aufgerufen und wusste gar nicht, was die Frage war. Die Lehrerin schrieb irgendwas auf, aber das war auch egal. Jetzt war sowieso alles egal, denn der Tag kotzte mich immer mehr an und ich war voll auf Kriegskurs mit der ganzen Welt.
Ich war ziemlich erleichtert, als die Stunde endlich vorbei war und die Pause begann. Weil es echt arschkalt war, beschlossen Decker und ich, im Haus zu bleiben und nicht auf den Schulhof zu gehen. Wir setzten uns also auf die Treppe und chillten einfach so vor uns hin.
„Der Anders, die Drecksau“, meinte Decker und ich stimmte ihm zu.
„Ich scheiß auf das, was der sagt“, behauptete ich und das stimmte ja auch eigentlich. „Heut Abend jedenfalls gehn wir in die Stadt und lassen es richtig krachen.“
Das bedeutete: Saufen bis zum Ende, bis wir richtig hacke sind.
In dem Moment kam aber irgend so eine Lehrerin, die Aufsicht hatte. Ich hatte sie noch nie gehabt und kannte ihren Namen nicht,

aber man sah sie öfters in der Pause.
„Los, auf ins Freie", sagte sie mit geheuchelter Freundlichkeit, so als würde sie uns nicht in die Kälte zwingen, sondern irgendwas Nettes tun.
„Draußen ist es uns zu kalt", antwortete Decker und bewegte sich kein Stück.
„Hier dürft ihr aber nicht sein." Jetzt wurde das Gesicht der Lehrerin schon viel unfreundlicher. „In der Pause muss man in den Pausenhof."
Wie gesagt, wir konnten nichts machen und dieses dumme Gesetz gab es schon, seit ich auf der Schule war. Trotzdem standen wir ganz langsam und träge auf, um ihr zu zeigen. dass wir uns nicht so herumschubsen lassen wollten.
Wir gingen also raus und sahen, dass die Pause nur noch fünf Minuten dauern würde. Trotzdem war es kalt wie Sau und keiner hatte wirklich Bock, draußen zu sein. Also beschlossen wir, wieder reinzugehen, durch eine andere Türe.
Also wieder ins Haus rein und auf die Treppe setzen. Unsere Schule bestand nämlich aus zwei Teilen, die beinahe gleich aussahen. Es gab zwei Treppen nach oben, eine auf der linken und eine auf der rechten Seite des Gebäudes.
Aber da kam auch schon der Anders, der Aufsicht hatte, und fing uns ab.
„Die Pause ist noch nicht aus", sagte er.
Da ich sowieso auf Streitkurs war und besonders den Anders hasste, ging ich nicht einfach raus, sondern baute mich genau vor ihn auf und sah von oben auf ihn runter. Dann sagte ich mit ganz lässiger Stimme: „Klaro", und ging weg.
Der Anders kochte vor Wut, denn ich hatte ihm ziemlich deutlich gezeigt, was ich von ihm hielt und wer von uns der Stärkere war. Obwohl ich erst siebzehn war, gab es nämlich nicht viele Lehrer, die größer waren als ich.
„Pass auf, Christian", sagte er. „Du hast dieses Jahr schon zwei Verweise. Als Nächstes kommt dann der verschärfte Verweis."
Ich drehte mich gar nicht um, sondern ging weiter, als hätte ich nichts gehört. Der wollte mich nur provozieren. Außerdem war ein

verschärfter Verweis auch egal. Wenn man erst mal ein oder zwei Verweise wegen Hausaufgabenvergessen und Schneeballwerfen bekommen hat, dann merkt man bald, dass solche Strafen total lächerlich sind. Und wenn man das gemerkt hat, dann ist einem schnell alles egal, außer vielleicht Schulausschluss, denn das ist wirklich hart und kann einem ziemlich viel Ärger einbringen.
Jedenfalls hatte Decker schon mal einen Verschärften bekommen, weil er damals gerade einen Roller bekommen und damit auf dem Schulhof geparkt hatte, um ihn uns zu zeigen. Ihm war auch nichts Schlimmes passiert.
Irgendwann war die Pause vorbei und es ging wieder zum Unterricht. Bis ein Uhr hatten wir noch vier Stunden. Alle waren irgendwie scheiße und ich hatte auf nichts Bock.

2

Daheim war ich immer noch scheiße drauf, vielleicht nicht mehr ganz so schlimm wie in der Schule. Meine Mutter hatte schon gekocht, Spagetti mit Fleischsoße, für mich, meine Schwester und sich selber.
Sie stand also so am Herd und rief mir gleich zu, ich solle da bleiben, das Essen wäre gleich fertig. Ich schmiss den Rucksack erst mal in die Ecke und ließ mich auf 'nen Stuhl fallen. Von meiner Schwester war noch nichts zu sehen.
„War irgendwas in der Schule?“, fragte Mutter, aber ich hatte irgendwie keinen Bock, darüber zu reden. Es war ja auch nichts Besonderes passiert, dasselbe wie immer halt.
Deshalb grummelte ich nur irgendwas vor mich hin, so in der Art wie: „Passt schon, nichts Besonderes.“
Da kam auch schon meine Schwester. Keine Ahnung, ob sie auch mit dem Bus gekommen war oder ob sie nur irgendwo draußen rumgelaufen war. Lisa hieß sie, zwei Jahre jünger als ich. Meistens war sie schon o. k., halt 'ne kleine Schwester, aber besser als die meisten Geschwister meiner Freunde. Aber sie konnte auch schon ganz schön nerven. Vor allem fand ich es irgendwie krass, wenn sie

manchmal mit mir zusammen nachts besoffen heimfuhr. Obwohl ich mit fünfzehn ja auch schon gefeiert hatte und so.
Jedenfalls kam Lisa rein und war sofort auf Assokurs. Sie behauptete nämlich, ich würde auf ihrem Stuhl sitzen und sie würde immer diesen Stuhl brauchen, sonst könne sie nicht essen. Mir war es zwar echt scheißegal, wo ich saß, aber irgendwie regte es mich auf, dass ich mich jetzt woanders hinsetzen musste, nur wegen meiner fucking kleinen Schwester.
Also blieb ich erst mal sitzen und stand dann ganz langsam auf, so dass Lisa vor Wut fast ausgerastet wäre. Aber darauf ließ ichs dann doch nicht ankommen. Sie konnte nämlich extrem durchdrehen, richtig krass, so dass es nicht mehr schön war, sogar für mich.
Wir setzten uns also zu dritt und meine Mutter und Lisa fingen gleich an zu labern, besser gesagt: Lisa erzählte irgendeinen Scheiß von ihrer Freundin. Ich hörte gar nicht richtig zu und schlang meine Nudeln rein, denn ich hatte echt was Besseres vor, als mir das Ganze anzuhören.
„Christian", nörgelte dann auch schon meine Mutter los. „Du isst echt wie ein Schwein."
Und Lisa war sofort mit ihr verbündet und meckerte mich an, aber ich hatte so das Gefühl, als wäre es ihr total egal, wie ich mich benahm, sie wollte halt nur stänkern und irgendwie das bessere Kind sein.
Aber ich wollte eben keinen Ärger und deshalb nahm ich mich erst mal zusammen. Das Dumme war nur, ich brauchte für meinen Teller zu lange und musste deshalb am Ende irgendwelche Fragen über mich ergehen lassen.
Meine Mutter wollte wissen, wie es denn so in der Schule gewesen war, ob ich heute ausgehen würde und so weiter.
„Klar", war meine Antwort. „Heut ist Freitag, da treff' ich mich vor'm Asm."
„Aber ihr beide passt doch auf, ja?", fragte Mutter in die Runde. Wahrscheinlich hatte in der Zeitung wieder so 'ne Scheiße gestanden über den Asm, als ob dort die Asso-Jugend rumhängen würde und so. Diese Typen von der Zeitung, das waren echt Spastis.

„Da kann echt nichts passieren“, sagte ich. „Das ist nur so ‘n Treffpunkt, damit man auch mal im Freien ist und nicht nur in so Kneipen.“ Ich sagte extra nichts über Spastis, meine Eltern hassten das Wort nämlich und dachten, es wäre irgendwie gegen Behinderte und so.
„Nee, da sind echt fast nur Studenten und die meisten anderen sind vom Gymnasium und so“, behauptete Lisa.
Na ja, das stimmte vielleicht nicht ganz, aber eines war klar: Die richtig Asozialen, das waren irgendwelche erwachsenen Penner und Punker, und die trafen sich meistens nicht am Asm, sondern am Marktplatz. Und die Gangsta-Typen, so die Türkengangs und wer auch immer, die waren vielleicht gefährlich, aber die hingen fast nur vor’m McDonalds rum. Am Asm war es saufriedlich und wir hatten da fast noch nie ‘ne Schlägerei gehabt, aber irgendwie dachten die von der Zeitung, da wäre es besonders schlimm, und schrieben immer so ‘ne Scheiße zusammen.
Ich beeilte mich, endlich fertig zu werden mit dem Essen und dann ab in mein Zimmer, Türe zu und erst mal Musik hören. Ich setzte mich also auf den Boden und wusste gar nichts mit mir anzufangen, aber das war schon in Ordnung, wenigstens dröhnte geile Mucke aus den Lautsprechern meiner Anlage.
Da saß ich also erst mal und versuchte, mich irgendwie etwas zu entspannen. Ich war nämlich noch voll in Fahrt wegen der Schule und allem, und wenn ich abends ausgehen würde, dann hatte ich keinen Bock auf schlechte Laune oder so was. Klar, der Alk würde da auch helfen, nach ein paar Bier würde ich auf den ganzen Stress erst mal scheißen. Aber Musik konnte auch was bewirken.
Ich hörte mir also erst mal 50 Cent an. Die Musik baute mich irgendwie auf, auch wenn ich keine Ahnung hatte, worüber der rappte, weil es war ja auf Englisch und so.
Nach vielleicht einer halben Stunde klingelte plötzlich mein Handy und ich musste die Musik erst mal leiser stellen. Es war Berger und wir machten gleich aus, dass wir uns um halb acht treffen würden. Damit war eigentlich auch schon alles gesagt und ich legte auf. Dafür hörte ich von meinem Zimmer aus, wie die Haustüre aufgemacht wurde, und an der Art, wie sich das anhörte,

erkannte ich irgendwie meinen Vater.
Ich streckte also meinen Kopf zur Türe raus und sagte kurz: „Hi“, bevor ich mich wieder ins Zimmer setzte. Ich sah auf die Uhr: fast fünf, um sieben würde ich den Bus nehmen müssen, ich hatte also noch zwei Stunden Zeit. Trotzdem zog ich mich schon mal um und machte mich so halbwegs zurecht, mit Haargel und Deo und allem. Ich dachte mir, dann hätte ich später nicht mehr so viel zu tun.
Während ich mich noch so im Spiegel ansah und dachte, dass ich nicht schlecht aussah, hörte ich die Stimmen meiner Eltern durch die Wand. Ich hatte die Musik ja leiser gestellt und deshalb konnte ich hören, dass sie sich unterhielten, auch wenn ich die Worte nicht verstand.
Trotzdem wusste ich sofort, dass sie Streit hatten, weil meine Mutter mit so ‘ner nervenden, weinerlichen Stimme sprach. Ich dachte mir, es wäre besser, die Musik lauter zu machen, um nichts zu hören, aber irgendwas in mir wollte unbedingt wissen, ob sie sich wirklich stritten. Dann hatte ich komischerweise trotzdem Schiss, es herauszufinden, und drehte wieder auf. Jetzt konnte ich nichts mehr hören, trotzdem dachte ich ein paarmal, dass meine Mutter im anderen Zimmer heulte. Das war aber dann doch nur die Musik.
Es war zwar eigentlich nicht meine Sache, dass meine Eltern sich nicht verstanden, aber es versaute mir trotzdem die Laune. Ich dachte die ganze Zeit daran, worüber sie sich wohl stritten, und irgendwie nervte mich die Musik plötzlich wie die Sau. „Irgendwas mach ich jetzt“, sagte ich mir und dachte gar nicht erst nach, sondern packte mein Handy und meinen Geldbeutel und ging einfach los. Auf der Treppe schnappte ich noch mein Ipod, das da so rumlag, dann schlug ich die Türe hinter mir zu und war draußen.
Sofort fühlte ich mich besser. Der Stress zu Hause lag hinter mir und vor mir wartete nur die Stadt mit einem ordentlichen und geilen Besäufnis. Ich stieg in den 17:45er Bus ein, obwohl ich damit viel zu früh in der Stadt sein würde. Ich dachte, es wäre besser, ‘ne Stunde in der Stadt rumzuhängen, als zu Hause zu sitzen und sich die ganze Scheiße reinzuziehen, die da wahrschein-

lich jetzt abging.
Der Bus war so gut wie leer und außer ein paar seltsamen Typen, auf die ich nicht weiter achtete, war niemand zu sehen. Ich setzte mich sofort in die hinterste Reihe, lehnte mich zurück und warf das Ipod an.
Die Busfahrt dauerte ungefähr 15 Minuten und ich hörte einen Track nach dem anderen. Die Baustelle war mir diesmal auch egal, ich hatte echt andere Sachen im Kopf. An der Haltestelle von Decker stieg ein schwarzhaariges Mädchen ein, das ziemlich geil aussah. Ich hatte sie schon ein paarmal gesehen, so wie eigentlich alle, die in der selben Buslinie fuhren wie ich.
Ich starrte sie ein bisschen an und hatte das Gefühl, als würde sie es ganz genau merken. Sie sah aber trotzdem nicht her, deshalb starrte ich genüsslich weiter.
Mein Ipod spuckte schon wieder die geilsten Texte.

„Eine Faust aufs Maul, einen Schwanz in den Arsch
Eine in die Fresse und schon bist du brav
3AV ist mein Name, mehr als 2000 PS
Wir crashen jede Party, machen überall Stress
V-Dog kommt, tötet deine ganze Crew
Wir fackeln nicht lange, wir schlagen einfach zu
Nervst du mich, ich pack den Schlagstock aus
Ich schlag dich zu Boden und ins Krankenhaus."

Das war grade irgendwie passend, fand ich, es vertrieb meine schlechte Laune sofort. Ich hörte mir das Lied gleich noch mal an, um mich auf die Stadt einzustimmen.
Deshalb ging es mir dann auch ganz gut, als ich aus dem Bus stieg und so durch die Stadt wanderte. Ich hatte das Gefühl, als würde noch was richtig Tolles passieren heute Abend.
Natürlich klingelte sofort das Telefon, wie als Antwort auf meine Gedanken. Meine Mutter war dran und fragte mit weinerlicher Stimme, wo ich sei, sie könne mich nicht finden.
Ich machte ihr gleich klar, dass ich schon in der Stadt war und erst in der Nacht oder morgen früh heimkommen würde.

„Warum hast du denn nichts gesagt, als du gegangen bist?“, fragte sie ganz leise. Ich wusste selber nicht genau, warum, deshalb überlegte ich kurz, was ich denn sagen sollte.
„Kein Bock“, entschied ich schließlich und irgendwie schien das meiner Mutter voll viel auszumachen, aber sie sagte nichts und ich machte noch ein kurzes „Ciao!“ und legte auf.
Klar, irgendwie fand ichs voll traurig, dass meine Eltern nicht miteinander auskamen, und meine Mutter tat mir echt leid, weil sie sauviel aushalten musste. Aber es war nicht meine Sache, diese Streitigkeiten, und ich hatte echt keinen Bock, mir anzuhören, was die beiden übereinander zu lästern hatten.
Trotzdem, nicht mal der Anruf konnte mir jetzt noch die Laune nehmen. Ich fühlte mich irgendwie voll erfrischt und die Lieder übers Ficken und so von Aggro Berlin waren mir gerade recht. Ich stellte gleich „Neger Bums mich“ ein und fragte mich, während ich weiterlief, was der Abend wohl so für mich bereithalten würde.

3

Der Asm war ein Supermarkt und hieß eigentlich Kaufland. Vor dem Kaufland lag ein kleiner Platz, auf dem einige Bänke standen und den man nur durch einen Durchgang erreichen konnte, über dem in großen Buchstaben ALTSTADTMARKT stand. Darum nannten viele den ganzen Platz Altstadtmarkt – oder eben Asm.
Man konnte durch zwei große Schiebetüren, die sich automatisch öffneten, in das Gebäude gelangen. Der Supermarkt begann allerdings erst hinter einem Drehkreuz, durch das man nur in eine Richtung gehen konnte – raus kam man nur an den Kassen vorbei. Gleich beim Eingang hing ein großes Schild mit Werbung:
K – Klassik: Gut und Billig. Und: Mehr als fünf Minuten Anstehen und nicht alle Kassen besetzt? Sie bekommen 2,50 Euro. Darunter war ein kleiner Cartoon gezeichnet mit einem Bären, der sich darüber ärgerte, dass er nie lange genug warten musste, um 2,50 zu bekommen.
Die Werbungen waren zwar scheiße, aber K – Klassik war wirk-

lich super. Das Zeug schmeckte meistens genauso gut wie alles andere, war aber nur halb so teuer. Obwohl meine Eltern nicht arm waren, kauften wir meistens diese Marke, weil es sich einfach lohnte.

Als Jugendlicher hatte ich natürlich eh nicht so viel Geld, und deshalb gingen wir immer zum Asm, um dort erst mal Alk zu kaufen. Ein Oettinger Bier kostete fast nichts, für 2 Euro konnte man locker fünf oder sechs Biere kaufen und bekam noch was zurück. Erst wenn wir schon richtig hacke waren, gingen wir in die Kneipen, wo wir normalerweise höchstens noch zwei oder drei Biere tranken. So kam man mit 10 Euro zu einem guten Suff.

Heute allerdings hatte ich keinen Bock auf Bier, ich wollte lieber einen Wodka, am besten eine Tüte. Eine Tüte, das bedeutet zwei Tetrapacks mit Fruchtsaft und eine Flasche Wodka. Man schüttet einen Teil des Safts weg und gießt den Wodka nach. So kriegt man meistens ein gutes Getränk, das schnell besoffen macht und nicht nach Alk schmeckt. Zu zweit konnte man sich einen Wodka für 4,90 teilen und wurde gut bedient.

Manche Leute meinen mit Tüte auch 'nen großen Joint, aus drei Blättern gedreht, aber bei uns hieß so was Dübel oder Dreiblattdübel, keine Ahnung, warum. Exzess-Saufen und gleichzeitig was rauchen lohnte sich ohnehin nicht besonders, deshalb rauchten wir Dübel meistens an Tagen, an denen wir nur ein paar Biere tranken.

Die Mädchen tranken meistens Alkopops, zum Beispiel Bacardi Breezer oder Smirnoff, aber das Zeug war mir irgendwie zu teuer und auch zu schwul (obwohl es Smirnoff auch als echten Wodka gibt, der übrigens saugeil schmeckt und für mich einer der besten überhaupt ist). Neben Alkopops gab es auch noch Palmeros, das extrem billig war und überhaupt nicht nach Alk schmeckte – dafür schmeckte es nach Scheiße, da waren wir uns alle einig. Einige Mädchen tranken auch Bier, das waren meistens die von der „alternativen" Clique oder irgendwelche Punk-Tussis.

Ich traf mich also vor dem Asm erst mal mit Hofi und Berger, um was einzukaufen.

„Der Manu kommt heute auch mit", begrüßte mich Berger gleich.

Ich nickte nur und schielte zu den Mädchen rüber, die auf einer der Bänke saßen und ihre Flaschen vor sich aufgebaut hatten. Johanna und Melanie aus unserer Klasse saßen dort zusammen mit irgendwelchen Tussis, die ich nicht kannte. Irgendwie hatte ich heute Bock, was mit denen zu machen, auch wenn der Tag bisher nur scheiße gewesen war, aber ich wusste nicht, wie ich sie ansprechen sollte, also ließ ich es erst mal sein.
„Ich trink erst mal zwei große Schlucke Wodka“, dachte ich. „Dann fällt mir schon was Gutes ein.“ Wenn man säuft, dann fällt einem viel leichter was ein, über das man reden kann, und man versteht sich auch mit fast allen Leuten.
Wir warteten auf den Manu, und während wir da noch rumstanden, klingelte plötzlich mein Handy. Ich nahm also ab und Decker meldete sich. „Hey, Chris“, sagte er. „Ich komm später doch noch in die Stadt. Könnt ihr mir was kaufen?“
„Klar“, meinte ich. „Was willst du denn?“
„Na ja, halt ein paar Bierchen.“
„Willst du dich an ‘ner Mischtüte beteiligen?“, fragte ich. „Wir kaufen auf jeden Fall erst mal eine.“
„Nee, hab kein Bock auf Wodka und so.“
„Alles klar, dann bis später.“
Ich legte auf, warf erst mal einen Blick in die Runde und tat so, als würde ich ganz zufällig zu Johanna und ihrer Freundin schauen. Die Mädchen blitzten nur so zu uns rüber. Heute machst dus, dachte ich, heute haust du mit einer von denen rum. Aber erst mal Mut antrinken, sonst klappt nichts. Außerdem müssen die beiden auch erst mal besoffen werden.
„Der Decker kommt später, wir sollen ihm ein paar Bier kaufen“, sagte ich zu den anderen, obwohl sie es wahrscheinlich eh schon gehört hatten.
„Hoffentlich hat Manu ‘nen Rucksack dabei“, meinte Hofi und ich musste ihm recht geben. Ohne Rucksack würde es schwer werden, die Biere und alles zu tragen.
Wir gingen also rein in den Asm und kauften für Decker vier Biere. Berger und ich kauften zusammen ‘ne Flasche Wodka und zwei Tüten Saft. Hofi kaufte sich fünf Bier. Die Schlangen vor den

Kassen waren ziemlich lang, da inzwischen die meisten Jugendlichen auf die Idee gekommen waren, erst mal am Asm vorzuglühen, bevor sie in die Kneipen gingen.
Wir überlegten noch, dass es ziemlich geil wäre, wenn wir jetzt zehn Minuten oder so warten müssten und jeder von uns 2,50 bekäme. Aber die Frau an der Kasse war zu schnell.
Mit 17 hätten wir zwar eigentlich keinen Wodka kaufen dürfen, aber Berger sah ziemlich alt aus und die Frau kontrollierte uns nicht. Nur Hofi musste seinen Perso zeigen, und da er erst sechzehn war, musste er drei Biere zurückstellen. Er war natürlich ziemlich angepisst, aber im Asm gabs halt diese Regel, dass man mit sechzehn nur zwei Biere bekam.
Also musste Hofi zurück und noch einen Achtzehnjährigen finden, der ihm seine Biere kaufte. Wir gingen schon mal raus und mischten den Wodka, um wegen der Schlampe an der Kasse keine wertvolle Saufzeit zu verlieren.
Ich schüttete etwa die halbe Flasche Wodka in die erste Tüte und schüttelte sie dann durch. Berger griff gleich danach und nahm einen Schluck.
„Du Spast", sagte er und verzog das Gesicht. „Das schmeckt total scheiße, ist ja fast eins zu eins. Keine Sau kann das trinken."
Ich zuckte nur mit den Achseln. „Misch du halt die nächste."
Nachdem ich einen Schluck genommen hatte, merkte ich aber auch, dass die Mischung irgendwie misslungen war. Sie schmeckte halt nach Wodka und nicht nach Fruchtsaft.
„Wir trinken halt erst mal die andere Tüte, danach machts uns nicht mehr so viel aus", beschloss ich.
Wir warteten noch eine Weile und jeder nahm ein paar Schlucke aus Bergers Mischung, die echt viel besser schmeckte. Dann kam endlich der Hofi aus dem Laden raus, seine fünf Biere in der Hand. Eines machte er sofort auf. Da keiner von uns einen Flaschenöffner hatte, nahm er sein Feuerzeug.
Normalerweise machten wir das Bier immer mit dem Feuerzeug auf, das wir zwischen Daumen und Kronkorken schoben und dann runterdrückten. Das ging aber auch mit anderen Sachen, zum Beispiel einem Schlüsselring oder einem Handy. Mein Handy

hatte schon ‘ne ganze Reihe kleiner Kerben davon.
„Also Prost“, murmelte Hofi so vor sich hin und nahm einen tiefen Schluck. Ich sah so auf den ganzen Alk, der vor uns aufgebaut war: vier Biere für Decker, ‘ne Flasche Wodka und unsere Tüten, außerdem noch mal drei Biere für Manu und die fünf von Hofi. Es war gar nicht so leicht, das alles zu schleppen. Wahrscheinlich dachten sich die Leute, wir würden heute richtig Party machen und das ganze Zeug wäre nur für uns drei. Aber so viel wollten wir vor’m Asm nicht saufen, immerhin hatte ich heute noch vor, in ‘ne Kneipe zu gehen und dort ordentlich zu feiern.
Inzwischen kam auch der Manu und wir setzten uns auf die Bänke vor’m Asm. Manu war ein ziemlicher Brocken, einen halben Kopf größer als ich und viel breiter. Wer ihn nicht kannte, konnte ihn sofort für ‘nen Schläger halten, aber ich wusste, dass er eigentlich viel harmloser war als Berger. Wir saßen erst mal schweigend auf der Bank. Ich sah zu Johanna hinüber und winkte sie, vom Wodka inspiriert, her zu mir.
„Hi“, sagte ich. „Was macht ihr so?“
„Wir gehn heut wahrscheinlich ins Schlupf“, antwortete sie. Das war eine Kneipe, ziemlich versifft und laut, da konnte man es eigentlich nur aushalten, wenn man hacke ohne Ende war.
Tja, manche Leute mochten ja diese Kneipen, aber ich hasste es eigentlich, wenn es so richtig laut und eng war. Ich fühlte mich eher im Freien wohl. Außerdem war ich Nichtraucher und die Luft in solchen Kneipen war ziemlich scheiße – aber das war leider in allen Kneipen so, besonders wenn man neben Decker oder Berger saß, die am Abend locker ein bis zwei Schachteln rauchten.
„Alles klar“, sagte ich. „Dann sehn wir uns wahrscheinlich nicht mehr, wir gehn nämlich ins Hinterhaus.“
„Vielleicht kommen wir da ja mal vorbei“, meinte Johanna. „Mal schaun.“
Ich freute mich ziemlich darüber, seltsam eigentlich, denn ich hatte mit Johanna fast nichts zu tun. Trotzdem, irgendwie war es immer lustiger, wenn Mädchen dabei waren. Ich dachte nach, um irgendwas Lustiges zu sagen, aber mir fiel nichts Gescheites ein.
Dafür kam jetzt Melanie wie eine lästige Zecke an und wollte

weitergehen. Johanna lächelte uns noch mal an und verschwand dann zusammen mit ihrer Freundin. Ich sah den beiden noch kurz nach.
„Die hat auch 'nen Schaden", sagte ich abfällig, als sie schon weg war. Eigentlich wusste ich gar nicht, warum ich das sagte, denn irgendwie gefiel sie mir heute richtig gut.
Berger brummte irgendwas Zustimmendes. Ich jedenfalls hoffte, dass Johanna noch im Hinterhaus vorbeikommen würde.
Inzwischen fühlte sich mein Gesicht schon irgendwie taub an vom Wodka. Wir hatten nämlich die erste Tüte geleert und machten uns jetzt an die zweite. Der Wodka zog heute mal wieder richtig rein. Ich fühlte schon dieses seltsame Kribbeln in mir, so eine Art Unruhe, die mich dazu drängte, irgendwas zu machen oder zu erleben, nur nicht das gleiche langweilige Zeugs wie jedesmal.
Manu soff mal wieder wie ein Loch, obwohl er heute sogar mal länger bleiben wollte. Sonst ging er immer schon um zwölf und musste bis dahin hacke sein, aber heute wollte er mit dem Taxi heimfahren, um es mal so richtig krachen zu lassen. Er hatte seine drei Biere schon vernichtet, aber natürlich hatte er im Rucksack noch einen Berentzen mitgebracht, den er jetzt stolz präsentierte und auch gleich öffnete.
Keiner von uns spürte die Kälte inzwischen mehr und wir lachten und machten irgendwelche Witze. Inzwischen war auch Decker aufgetaucht und hatte sich um seine vier Biere gekümmert. Eine Flasche leerte er ziemlich schnell, um aufzuholen. Aber meinen Vorsprung konnte er eh nicht mehr wettmachen.
Hofi meinte, er würde sich heute Abend Johanna schnappen, wenn sie echt ins Hinterhaus käme.
„Alles klar", sagte Berger. „Und ich nehm die andere Tussi."
„Du Wichser", rief ich viel zu laut, weil ich meine Stimme irgendwie nicht mehr richtig unter Kontrolle hatte. „Was bleibt dann für mich übrig?"
„Is mir scheißegal", meinte Hofi. „Du kannst aber mal deinen Schwanz reinhalten, wenn du unbedingt willst."
Wir lachten alle. War natürlich nur ein Witz und jeder von uns wäre total angepisst gewesen, wenn einer was mit der Freundin

von ‘nem anderen gehabt hätte. Aber trotzdem war es lustig.
Die Biere wurden immer weniger, während wir uns unterhielten, und ich nahm, als der Wodka alle war, noch einen Schluck vom Berentzen. Inzwischen sah ich alles leicht verschwommen, fühlte mich aber immer noch voller Tatendrang. Der Wodka gab mir Kraft und ich fühlte mich fast unbesiegbar an diesem Abend.
Inzwischen war es so ungefähr zehn Uhr und wir zogen los, ich voran, denn mir war inzwischen klar, dass irgendwas Geniales passieren würde, um die ganze Scheiße des Tages auszugleichen.
Decker hatte noch ein Bier, aber er hielt es hoch und wir schlugen ihm vor, es zu exen. Exen bedeutet: auf einen Schluck trinken. Decker schüttete es rein und schleuderte die Flasche dann in die Ecke, wo sie sofort zerbrach. Ein paar Typen, die am anderen Ende des Platzes lungerten, sahen auf, kümmerten sich aber dann nicht weiter darum.
Wir liefen also durch die Straßen der Stadt. Decker und Berger diskutierten über irgendwas, wobei sie sich gnadenlos anschrieen. Ein Pärchen kam uns entgegen, ein Typ mit seinem Mädchen, vielleicht in unserem Alter. Der Junge sah etwas unsicher zu uns herüber, er hielt uns wahrscheinlich für irgendwelche Aggros, wegen Berger und Decker.
Ich wunderte mich, dass dieser Spast ‘ne Freundin hatte. Er sah ziemlich scheiße aus, so ein Milchgesicht, der totale Verlierer. Deshalb regte es mich irgendwie auf, dass er ‘ne Freundin hatte und ich nicht, obwohl sein Mädchen mir nicht besonders gefiel. Trotzdem genoss ich irgendwie das Gefühl, dass er Schiss vor uns hatte.

4

Wir gingen also ins Hinterhaus und ich bestellte mir erst mal ein St. Georgen Pils, um den Durst zu löschen, der während der Wanderung vom Asm in die Kneipe entstanden war. Die Kellnerin trug einen tiefen Ausschnitt und war auch sonst recht hübsch, eine Qualität, mit der man im Hinterhaus rechnen konnte – neben den

30 Biersorten, die es in der Kneipe gab.
Freitags gab es oft keinen Platz mehr in den Jugendkneipen, wenn man zu spät kam, doch heute war das Haus eher leer. Eine Gruppe besoffener Typen grölte am Nebentisch. Sie waren mindestens schon zweiundzwanzig und viel zu alt, um unser Interesse zu wecken. Außerdem saßen noch ein paar Jungs und Mädchen in unserem Alter rum, die gerade lautstark mit der Bedienung stritten, weil sie unbedingt Schnäpse wollten, obwohl sie noch nicht alt genug waren.
Ich trank in Ruhe mein Bier, während die Siffe der Kneipe langsam über mir zusammenschlug. Die Luft wurde qualmig und stickig von den vielen Zigaretten, die Berger und Co. rauchten. Außerdem überkam mich jetzt, als ich festsaß, endlich der Suff, den ich vorher anscheinend irgendwie zurückgedrängt hatte.
Ich fühlte mich ziemlich müde und alles drehte sich ein wenig vor mir. Trotzdem riss ich mich zusammen, immerhin wollte ich später noch Johanna treffen. Ich trank also mein Bier aus und bestellte noch eines, wobei ich mich zusammenriss. Immerhin war ich noch nicht völlig hacke und schätzte, dass der Wirt mich wahrscheinlich noch nicht rausschmeißen würde.
Kotz ich oder kotz ich nicht, dachte ich. Jedenfalls würde ich dann wieder nüchterner sein und wäre vielleicht nicht so müde. Andererseits würde ‘ne Cola auch gut tun, dachte ich.
Mein zweites Bierchen kam und irgendwie fing Berger über K1 an. „Morgen ist Final Elimination“, sagte er. „Das schaun wir an, oder?“
„Klar“, rief Hofi, „bei mir. Hoffentlich ist Bob Sapp dabei!“
„Bob Sapp, die fette Sau!“, grölte ich. Das war natürlich unser Lieblingskämpfer, der doppelt so breit war wie die anderen. Sein Markenzeichen war es, irgendwann im Ring auszurasten und die anderen asozial herzufotzen. Natürlich mochten wir auch Ray Seefo, den gnadenlosen Stänkerer, und den Weißen Büffel, weil der auch wie die Sau reindreschen konnte.
„Ich glaube, Ray Seefo gewinnt!“, sagte ich. „Der ist einfach der geilste Kämpfer, wie er die anderen immer verarscht und so.“
Unser Gespräch drehte sich weiter und ich fühlte mich sogar

wieder relativ wach, auch wenn ich schon wieder alles doppelt sah. Ich trank das Bier und entschied mich, keines mehr zu bestellen, sondern erst mal pissen zu gehen.
Trotzdem wurde ich irgendwie immer besoffener und bekam langsam nicht mehr so richtig mit, was abging. Scheiß Berentzen, dachte ich, der wirkte bei mir immer so.
Jedenfalls ging es mit mir rasant bergab und ich dachte immer angestrengter nach übers Kotzen, aber auch über die Baustelle und den ganzen Scheiß, der mich den Tag über aufgeregt hatte.
„Die scheiß Baustelle“, sagte ich. „Die könnten doch echt im Sommer anfangen, nicht im Winter, wenn sie eh nach zwei Wochen aufhörn müssen. Jeden Tag fahr ich an der Scheiße vorbei!“
„An der fetten Scheiße!“, sagte Decker.
„An der fucking Scheiße!“, schrie ich zurück und wir schaukelten uns irgendwie immer weiter hoch in dem Hass gegen die Baustelle und alles. Jedenfalls hatte ich echt Lust, irgendwas umzukicken, aber ich nahm mich zusammen, weil ich nicht aus dem Hinterhaus fliegen wollte.
An manchen Tagen fühlte ich mich halt richtig aggro und scheiße, und in letzter Zeit gab es diese Tage ziemlich oft. Ich wusste gar nicht genau, woher diese Wut kam, die ich manchmal spürte, ob es an meinen Eltern lag oder an der scheiß Schule oder einfach an der ganzen Welt. Aber jedenfalls war sie da und manchmal baute ich echt Scheiße und brachte mich in Schwierigkeiten, obwohl ich sogar checkte, dass es eigentlich dumm war, was ich machte. Aber dann war sie wieder da, die Wut, und sie brannte wie ein Feuer. Dann konnte ich einfach nicht nachgeben, auch wenn die anderen stärker waren oder recht hatten.
Und im Suff, ab und zu, wenn ich schon ziemlich hacke war und nichts mehr checkte, dann kam mir die ganze Scheiße hoch und ich musste randalieren oder Stress machen. Aber meistens war es schon gut zu saufen. Dann konnte man nämlich alles vergessen und einfach mal abschalten.
Aber wie gesagt, an diesem Tag konnte ich mich beherrschen und außerdem waren wir in ‘ner Kneipe, da hat man dann doch mehr

Hemmungen abzugehen als im Freien, wo man alleine ist.
Irgendwann kam Johanna, aber wie gesagt, ich war ja immer besoffener geworden und bekam nicht mehr so richtig viel mit. Wir redeten wohl miteinander und sie erzählte irgendwas, wo sie hingehen würde. Aber ich checkte sofort: Die ist heut nicht hacke, das bedeutet, sie findet es auch scheiße, wenn ich es bin.
Also sagten wir ihr Ciao und ich hatte so ein bisschen das Gefühl, als hätte ichs mir grad so richtig versaut bei ihr. Das war dann aber auch egal, denn der Wirt kam plötzlich zu uns und sagte, wir müssten jetzt gehen und so weiter.
Berger pisste sich gleich auf und behauptete, die Kneipe müsse mindestens bis ein Uhr offen sein, aber der Wirt hatte anscheinend keinen Bock und meinte, wir müssten um zwölf ins Bett, weil wir noch zu jung wären.
Also zogen wir los und Berger wollte erst mal ins Schlupf. Inzwischen waren wir hacke genug, um es dort cool zu finden. Aber irgendwie erinnerte ich mich daran, dass Johanna noch woanders hatte hingehen wollen, und ich hatte plötzlich Bock, sie zu suchen. Wir stützen uns also gegenseitig und diskutierten laut über die Baustelle und über Bob Sapp. Wir schrieen uns richtig gut an, und weil ich echt Bock hatte, wo reinzukicken, schlug ich ein Fahrrad um.
Manu hatte plötzlich doch noch den halben Berentzen, den hatte er nämlich zurückgehalten, und jeder nahm einen guten Schluck. Inzwischen war sowieso alles egal und wir lachten und grölten über alles. Hofi hielt irgend ‘ne Rede, aber keiner bekam mehr so recht mit, was die anderen sagten. Ich jedenfalls nicht.
Der Abend wurde langsam immer geiler, er entwickelte sich zu ‘nem echten klasse Suff. Ich fühlte aber immer noch den Wodka in mir brennen und auch die Wut über den scheiß Tag und so. Ich kippte also den Rest Berentzen mit ‘nem fetten Schluck in mich hinein und schleuderte die Flasche dann auf die Straße, wo sie krachend zerbrach.
„Bamm!“, schrie ich und Berger rannte der Flasche nach, deren obere Hälfte noch ganz war, und kickte sie, so dass sie weggeschleudert wurde und ganz zerplatzte.

Ich kickte noch ein Fahrrad um, während wir in Richtung Kapadokia Döner liefen. Wir hatten nämlich plötzlich Hunger und keinen Bock mehr, ins Schlupf zu gehen. Zwar war der andere Dönerladen näher, aber Hofi wollte immer zum Kapadokia, weil er sich mit dem Besitzer so gut verstand.

Irgendwie war von da an alles ziemlich komisch, weil ich schon saubesoffen war vom Berentzen und so. Jedenfalls schlang ich 'nen scharfen Döner runter und der war so scharf, dass es mich echt zerfetzte und ich heulen musste vor Schärfe. Dann wankte ich irgendwohin, und weil es mir so scheiße ging, steckte ich mir den Finger in den Hals und kotzte erst mal gegen die Wand von 'ner Kirche.

Wir zogen noch weiter und irgendwer fand anscheinend 'nen Einkaufswagen, denn plötzlich war der da und Hofi fuhr damit gegen 'ne Ampel. Jedenfalls hatte ich so das Gefühl, das könnte ich viel besser, und ich müsste allen zeigen, dass ich den Wagen voll gegen die Ampel fahren konnte.

Ich sprang also dagegen und fiel erst mal auf die Fresse, aber im Suff spürte ich echt nichts, also nahm ich den Wagen noch mal und schleuderte ihn gegen die Ampel. Der Wagen kippte um und rutschte auf die Straße.

Irgendwoher kam plötzlich so ein Typ mit Lederjacke und alles, der volle Asso eben. Ich hatte ihn gar nicht gesehen, aber anscheinend war er die ganze Zeit da gewesen. Oder vielleicht war er auch erst gekommen und wir hatten uns länger an der Ampel rumgetrieben.

Jedenfalls puschte er mich zur Seite und schrie uns an, was das sollte und alles. Natürlich waren Decker und Berger sofort da und stellten sich vor den Typen, da ging aber schon so 'ne Tussi los, die anscheinend mit ihm gekommen war.

„Nur damit ihrs wisst“, schrie sie, „Polizei!“, und zeigte irgendwas, das konnte ich nicht erkennen, aber ich glaubte schon, dass die beiden echt Bullen waren.

Die beiden sahen sich auf jeden Fall unsere Ausweise an und notierten sich irgendwas. In der Zeit machten wir schnell aus, dass wir grade auf dem Heimweg waren und zum Chris wollten, weil es

schon so spät wäre. Es war nämlich inzwischen nach zwölf und da hätten wir gar nicht mehr saufen dürfen.
Irgendwer erzählte den Bullen die Geschichte und mehr bekam ich auch nicht mit, nur dass der Typ mir erzählte, er würde mich mitnehmen, wenn er mich noch mal sehen würde. Jedenfalls dachten wir uns, es wäre wohl besser, jetzt heimzugehen.
Zu der Zeit dachte ich, es wäre ein guter Gedanke, erst mal heimzufahren, weil ich dann in 'nem richtigen Bett schlafen konnte, während ich bei Decker zu Hause nur ein Sofa hätte. Also marschierte ich los in Richtung Bus und anscheinend kam ich da auch an, obwohl ich mich an den Weg gar nicht so richtig erinnern konnte. Ich musste noch zehn Minuten warten und nutzte die Gelegenheit, um noch mal zu kotzen.
Dann stieg ich in den Bus und fuhr alleine nach Hause. Neben mir waren so 'n paar saubesoffene Typen, die waren aber erst vierzehn und interessierten mich nicht. Außerdem bekam ich eh fast nichts mehr mit.
„Geil", dachte ich mir in dem Moment. „Das war irgendwie 'n geiler Tag. Die Bullenstory wird sicher 'ne Legende in der Schule."
Dann schlief ich anscheinend ein und wachte erst kurz vor meiner Haltestelle auf. Während sich alles drehte und verschwamm, stieg ich aus und lief nach Hause. Ich hatte das Gefühl, als wäre die Nacht heute nicht besonders kalt.

5

Ich wachte zweimal auf und drehte mich sofort wieder auf die Seite, um weiterzuschlafen. Irgendwann wachte ich dann ein drittes Mal auf und fühlte mich so unruhig und seltsam, dass ich unbedingt aufstehen musste.
Verschlafen sah ich zum Wecker und erkannte, dass es schon 13 Uhr war. Trotzdem fühlte sich mein Kopf noch immer irgendwie schwer an und in meinem Mund war ein widerlicher Geschmack nach Bier, Kotze und Siffe. Zum Glück hatte ich

gestern gekotzt, sonst wäre der Tag wahrscheinlich noch schlimmer gewesen.
Stöhnend wälzte ich mich aus dem Bett. Mir ging es nicht mal richtig schlecht, ich fühlte mich aber trotzdem unwohl, als wäre ein Gift oder so was in meinem ganzen Körper verteilt. Jedenfalls konnte ich echt nicht mehr schlafen, sondern musste unbedingt aufstehen. Das kam wohl vom Wodka-Suff, da ging es mir am nächsten Tag immer so seltsam.
Ich schleppte mich erst mal zum Bad, putzte die Zähne und sah in den Spiegel. Ich dachte, Scheiße, denn mein Bauch sah irgendwie gebläht aus, ein Bierbauch halt, und er war mal wieder gewachsen. Irgendwann sauf ich mal 'ne Zeit lang nicht mehr so viel, dachte ich, vielleicht wenns mal in der Schule und so besser geht oder wenn ich wieder 'ne Freundin habe.
Ein Blick zur Dusche und die Entscheidung war getroffen: erst mal nicht waschen, bin eh noch versifft. Erst mal rumhängen und warten, dass es mir besser geht.
Draußen war es trüb und kalt, ein Wetter, wo keine Sau Bock hat, rauszugehen. Also kramte ich aus dem Kleiderschrank eine alte Sporthose und ein fleckiges Hemd, eben Sachen, die man anzieht, wenn man eh nichts macht. Später dusche ich, dachte ich mir, dann zieh ich mir was Gescheites an. Aber jetzt nicht. Erst mal fernsehen und fressen.
Ich zwang mich, Wasser zu trinken, obwohl es sich in meinem Mund und meinem Magen widerlich anfühlte. Trotzdem half es ein wenig, und mir ging es schon etwas besser. Ich hatte irgendwann mal irgendwo gelesen, dass Alk den Körper austrocknet und dass viel Wasser gegen den Kater hilft. Jedenfalls hatte ich immer das Gefühl, als würde das Wasser mir echt viel nützen.
Meine Schuhe waren aus irgendeinem Grund leicht im Arsch. Ich hatte die Schnürsenkel anscheinend im Suff neu gebunden, denn sie waren total verknotet und ich konnte sie nicht mehr aufmachen, außerdem waren noch Kotzespritzer auf den Schuhspitzen. Also erst mal nur Socken an.
Der Kühlschrank lockte mich mit seiner glatten, weißen Tür. Irgendwie gefiel mir der Anblick und ich machte mich sofort auf,

um nach Essen zu suchen. Tatsächlich fand ich eine Pizza im Eisfach, die ich sofort auspackte und in die Mikrowelle schob. Außerdem schnitt ich ein fettes Stück Käse ab und schlang es schnell runter.
Neben dem Kühlschrank lagen ein paar Äpfel rum, aber ich dachte mir: Nee, heute keine Äpfel. Obwohl ich sie sonst echt gerne mag. Aber nach dem Suff braucht man halt was Festes und Solides, am besten viel Fleisch und so.
Kurz blitzte mein Bierbauch durch mein Gehirn, aber dann kam ich zu dem Schluss, dass es jetzt auch egal wäre. Ich setzte mich hin, weil das Stehen irgendwie sauanstrengend war, und wartete, bis die Pizza fertig war. Dann nahm ich sie und setzte mich erst mal vor den Fernseher.
Es kam nur Scheiße, irgendwelche Shows und so, aber das war genau das Richtige. Auf eine Handlung hätte ich mich eh nicht konzentrieren können. Stattdessen dachte ich über den Abend gestern nach.
War Johanna noch da gewesen? Ich erinnerte mich an sie, wusste aber nicht mehr ganz genau, worüber wir gesprochen hatten. Ich hatte zwar keinen Blackout oder so, trotzdem war alles irgendwie verschwommen. Mir kam es jedenfalls so vor, als hätte ich es ziemlich versaut, und ich fühlte mich entsprechend elend.
Der Fernseher flimmerte so vor sich hin, aber eigentlich gingen die Bilder direkt in meinen Kopf, ohne dass ich checkte, was genau geschah. Trotzdem verging die Zeit so, mehr war auch nicht zu machen. Ich starrte vor mich hin, während das unangenehme Gefühl, gestern Scheiße gebaut zu haben, immer stärker wurde.
Mir wurde nach und nach klar, dass ich gestern hätte mit Johanna rummachen sollen, es aber irgendwie versaut hatte. Ich war zu besoffen gewesen oder nicht besoffen genug, auf jeden Fall war es scheiße gewesen, und ich hatte schon seit vier Monaten mit keinem Mädchen mehr rumgehaun und war seit doppelt so langer Zeit mit keiner mehr ins Bett gegangen. Irgendwie wurmte es mich plötzlich, dass ich ewig kein Mädchen mehr gevögelt hatte, und ich kam mir ziemlich scheiße vor.
Irgendwie war ich nicht so früh dran gewesen und hatte mein

erstes Mal mit sechzehn gehabt, obwohl die meisten das so mit vierzehn machen. Ich dachte an Katrin, meine Freundin, mit der ich nur ein paar Monate zusammengewesen war. Mit ihr hatte ich mein erstes Mal gehabt und es war echt geil gewesen, obwohl das Beste war so der Triumph gewesen, endlich ficken halt ...

Während der Fernseher also lief und seine Scheiße in mich reinspuckte, hing ich allerlei traurigen Gedanken nach und die ganze Welt schien immer elendiger zu werden. So war das samstags meistens, da sah die Welt total beschissen aus und die Wände wollten mich halb erdrücken.

Aber wenigstens war es nicht Sonntag, das bedeutete, ich konnte mich heut Abend mit meinen Freunden treffen und die ganzen scheiß Sorgen vergessen. Es gab eh genug, warum es einem scheiße gehen konnte, die Schule und die fucking Lehrer, Mädchen und alle mögliche Scheiße aus dem Leben. Und die Zukunft sah auch nicht besser aus, eher schlechter.

Man muss saufen und Party machen, so lang man kann, dachte ich mir, weil später muss eh jeder schaun, dass er 'nen Job kriegt, da ist nichts mehr mit Exzessen und so.

Irgendwann, so gegen drei vielleicht, hielt ichs vor'm Fernseher nicht mehr aus und ging runter ins Wohnzimmer, aber es gab hier auch nichts Gescheites zu tun. Meine Schwester lag auf der Couch und schlief, sie musste sich genau wie ich erst mal vom Samstag erholen.

Meine Mutter und mein Vater räumten gerade zusammen das Zeug, das sie eingekauft hatten, in den Kühlschrank und das Regal.

„Habt ihr mir 'ne Pizza mitgebracht?“, fragte ich in die Runde.

„Da ist noch eine im Kühlfach“, stellte meine Mutter fest.

„Schon gefressen“, murmelte ich und sah mir das ganze Essen an. Irgendwie erschien es mir alles trostlos, eben für den Arsch. Eigentlich hätte ich echt mal 'ne Diät oder so was machen müssen, aber ich hatte halt keinen Bock darauf. Es machte mir zu viel Spaß, den Bierbauch zu mästen.

„War es gestern wohl sehr wild?“, fragte meine Mutter und hoffte anscheinend das Gegenteil.

„Klar“, sagte ich stattdessen. „Aber passt schon. Mir gehts schon

wieder ganz gut."
„Dann gehst du heute wohl wieder aus?"
„Sicher. Heut ist K1 im Fernsehen, das schaun wir uns an." Key One, sagte ich, auf Englisch, auch wenn es manche Leute Ka Eins nennen. Klingt doch schwul, da ist es auf Englisch viel besser.
Mehr konnte ich irgendwie nicht sagen zu meinen Eltern. Sie waren beide ganz in Ordnung, nicht irgendwelche Assos wie die Mutter von Berger und auch nicht geschieden wie eigentlich alle Eltern meiner Freunde. Früher war ich sehr stolz auf sie gewesen und hatte meine Familie für ganz besonders toll gehalten, doch inzwischen bekam ich die Streitigkeiten voll mit, und obwohl es mir eigentlich egal war, fühlte ich mich trotzdem immer ziemlich mies, wenn die beiden rumschrieen oder meine Mutter heulte.
„Sag deinem Vater, blah blah blah", verlangte meine Mutter dann immer, oder meine Eltern fragten mich, wer von beiden recht hatte. Als ob mich das kümmern würde. Es war mir nämlich echt scheißegal, alles, was bei uns so abging eben, ich hatte meine eigenen Sorgen. Trotzdem, wie gesagt, meine Eltern waren echt in Ordnung und halfen mir, wenn ich Probleme hatte und ihnen davon erzählte.
Ich hatte dann auch keinen Bock mehr, weiter mit meinen Eltern zu reden oder drüber nachzudenken, wie es war, wenn es zu Hause Streit gab und so. Also schmiss ich mich erst mal vor den Computer und zockte GTA. Das war so eines von den geilen Konsolenspielen, die es jetzt auch für PC gab.
In der Mission musste ich jedenfalls für Eight Balls irgendeinen Kleinlaster klauen und mit 'nem Sprengsatz versehen, um so 'nen Gangstertypen in die Luft zu jagen. Ich hatte aber nur ein paar Minuten Zeit und musste mit vollem Tempo durch die Stadt rasen. Na ja, erst mal einen an der Ampel anhalten, aus dem Auto zerren und weiterfahren zu dem Kleinlaster. Dort stieg ich aus und schlug den Fahrer mit dem Baseballschläger um, dann stieg ich in den Wagen und fuhr los.
Erst mal Radio an, in GTA konnte man nämlich zwischen 'ner ganzen Reihe Radiosendern wählen, die alle in dem Spiel installiert waren, richtig mit Moderator und verschiedener Musik.

„Too many babes in Liberty City are crying“ *), erzählte mir der Sprecher im Radio.
Und ich fuhr los, aber weil man bei dem Spiel nicht so gut lenken kann, fuhr ich erst mal drei Passanten um, die gleich zerrissen wurden. Scheiße, jetzt waren die Bullen hinter mir her und die Zeit war eh viel zu knapp, um die Mission noch zu schaffen.
Also gönnte ich mir den Spaß und nahm die Uzi, mit der konnte man nämlich Drive-by -shooting machen, also aus dem Autofenster rausballern und weiterfahren. Ich zog erst mal ganz lässig an der Reihe von Leuten vorbei und ballerte sie nieder. War richtig lustig zu sehen, wie die ganzen Opfer wegrennen wollten und dann doch umgenietet wurden. Die Bullen wurden sofort ganz wild und rasteten total aus, aber ich fuhr einfach in ‘ne Werkstatt und ließ mir ein neues Nummernschild verpassen. Dann finden einen die Bullen in dem Spiel nicht mehr.
Also weiter nach Chinatown, da schlug ich irgend so ‘nem Gangster von den Triaden mit dem Baseballschläger in die Fresse. Sofort kamen fünf Schläger an, um mich fertigzumachen, aber ich zog die Uzi und ballerte sie nieder. Dann rannte ich weg, zog eine Tussi aus ihrem Auto raus und fuhr gleich über sie drüber.
Zwei Triaden erwischte ich auch noch, als ich auf der Straße wendete, dann raste ich davon und ging zurück zu Eight Balls. Bei GTA muss man die Missionen nämlich immer wieder von Anfang machen, wenn man versagt, man kann nicht zwischendrin speichern wie in manchen anderen Spielen.
Jedenfalls gings mir schon ziemlich bald besser und das Spiel ließ mich allen Stress vergessen. Die Grafik war ziemlich geil und das Spiel war überhaupt so gemacht, dass man gleich das Gefühl hatte, mit fettem Speed durch die Stadt zu rasen. Ich hatte sogar schon mal gehört, dass manche Leute wegen GTA plötzlich auch in echt viel zu schnell Auto fahren. Das glaub ich allerdings nicht, weil es gibt schon so ein paar Spasten, die in der Stadt im Bunker hocke und den ganzen Tag lang Computer spielen. Aber die meisten checken schon, dass so Spiele halt nicht echt sind. Jedenfalls würde ich im echten Leben keine Leute aus dem Auto rausziehen und mit dem Baseballschläger verprügeln. Obwohl die Macher

*) aus dem Computerspiel GTA3

von GTA sich das sicher nicht ausgedacht haben. Ich schätze mal, in Amerika gibts so was schon öfters. Und wahrscheinlich auch in Ossendorf und in den ganzen Asso-Vierteln in Deutschland. Aber jedenfalls nicht bei uns und sicher nicht wegen GTA.
So gegen halb fünf fühlte ich mich gestärkt genug, um zu duschen. Ich wusch mir die Haare und das Gesicht, bis die ganze Siffe raus war, und zog mir dann richtige Sachen an: Jeans und Pulli. Ich stylte meine Haare provisorisch, richtig würde ich das erst kurz vor dem Weggehen tun. Dann nahm ich etwas Deo und schlenderte zurück ins Wohnzimmer.
Dort rief auch gleich Hofi an, perfektes Timing sozusagen, und fragte mich, wann ich denn heute Abend vorbeikommen würde.
„Um neun gehts los“, sagte er. „Komm am besten um halb oder so, dann können wir noch ein bisschen saufen.“
„Na klar“, meinte ich, „wahrscheinlich bin ich sogar schon so um halb acht da, dann können wir zusammen einkaufen gehen.“ Insgeheim dachte ich auch daran, dass wir vielleicht noch ein paar Leute, besser gesagt Mädchen, vor'm Asm treffen und uns für nach elf verabreden könnten. K1 ging nämlich nur etwa bis elf Uhr.
„O. k. Ich hab aber schon Kalua und so gekauft“, sagte Hofi. Er meinte damit natürlich die Zutaten für White Russian. Das tranken wir immer, seit Hofi den Film Big Lebowski gesehen hatte, in dem die ganze Zeit White Russian gesoffen wurde. Hofi war der größte Fan von Walter aus dem Film, und natürlich auch von Dude. Aber wer den Film nicht kennt, der kann natürlich nicht verstehen, was uns daran so gut gefiel.
Jedenfalls verabredete ich mich für halb acht vor'm Asm und dann bei Hofi, der wohnte nicht allzu weit entfernt fast im Zentrum der Stadt. Insgeheim nahm ich mir vor, diesen Abend hauptsächlich Bier zu trinken. Mir taten nämlich immer noch alle Glieder weh vom Schnaps und allem.
Als ich zum Bus ging, fing es an zu pissen und das Wasser lief nur so an mir runter. Ich stapfte einfach weiter und lief durch die Pfützen, den Kopf eingezogen und die Hände in den Jackentaschen. So ein scheiß Wetter kann einen schnell runterziehen, vor allem wenn alles irgendwie dunkel und ohne Farben

ist.
Ich dachte nur, wenn das Wetter nicht besser wird, dann ist der Abend jetzt schon im Arsch. Aber trotzdem stieg ich natürlich in den Bus. Erst mal in die Stadt fahren, denn egal, wie das Wetter wird, zuhause sitzen am Samstagabend ist der Tod, das kann keiner aushalten.
Ich setzte mich im Bus gleich in einen der Vierersitze hinten, die letzte Reihe war nämlich schon voll. Ich starrte aus dem Fenster, warf mein Ipod an und beobachtete die Regentropfen, wie sie die Scheibe runterliefen.
Der Bus kroch wieder mal an der Baustelle vorbei, während der Regen schon wieder aufhörte. Trotzdem war jetzt alles nass und voll Schlamm auf der Straße, was meine Stimmung irgendwie nach unten drückte.
Dazu kam passend im Ipod „Ghetto Fotze“ von Frauenarzt. Das Lied hatte so einen langsamen Rhythmus, ja, es passte irgendwie genau zu dem Wetter und dem ganzen Gefühl in mir.

„Nimm den Schwanz, nimm ihn tief in den Mund
An wen denkst du grad? Denk nicht an dein’ Freund
Sag, wie fühlst du dich? Fühlst du dich verhurt?
Hast du viel getrunken, bist du alkoholisiert?
Mach dir nichts daraus, er wird es schon verstehen
Und irgendwie muss dieses Leben ja dann weitergehen
Ich lauf hier täglich rum, ich kenn die Straßen gut
Ich schau mich täglich um und sehe immer mehr Armut
Doch das ist o. k., ich seh, du kommst gut klar
Und auf den Straßen bin ich mittlerweile auch ein Star
Diese Stadt verkommt durch dieses scheiß System
Mit meinen Augen kann ich die versteckten Ghettos sehn.“

An Deckers Haltestelle sah ich kurz auf. Ich hoffte nämlich, er würde einsteigen. Natürlich war mal wieder keine Spur von ihm zu sehen, aber es hatte sich trotzdem gelohnt, aufzupassen. An der Haltestelle stieg nämlich ein Mädchen ein, das ich vorher noch nie gesehen hatte. Sie hatte lange blonde Haare und so eine Jacke, die

an der Taille enger wird. Ich war sofort richtig wach und lächelte sie sogar an. Ich fand nämlich, dass sie total geil aussah. Genau mein Geschmack. Das Mädchen strich sich eine Haarsträhne hinters Ohr und lächelte schüchtern zurück. Dann sah sie aber auf den Boden und setzte sich irgendwo anders hin.
„Wäre ja auch zu schön gewesen", dachte ich mir im Stillen.
Trotzdem beobachtete ich sie von hinten. Ihr Haar war so richtig blond, wie man es eigentlich ziemlich selten sieht, echt hell wie Gold oder so was. Das ließ sie selbst an so 'nem dunklen Tag wie heute irgendwie strahlen.
Jedenfalls machte die restliche Busfahrt richtig Spaß, weil ich die ganze Zeit so zu ihr rübersah, und zweimal bemerkte sie es und lächelte mich an. Richtig süß und ein bisschen schüchtern.
Als wir in der Stadt angekommen waren, stand sie langsam auf und drehte sich beim Rausgehen noch mal zu mir um. Inzwischen regnete es längst nicht mehr, auch wenn es immer noch nass war.
Während ich zum Asm ging, machte ich mir echt Gedanken darüber, wer das Mädchen war. Wieso hatte ich sie noch nie vorher gesehen? Eine, die so geil aussah, hätte ich mir bestimmt gemerkt. Ich nahm mir vor, ab jetzt nach ihr Ausschau zu halten, vielleicht würde ich sie ja noch öfters treffen.
Um halb acht war ich pünktlich am Asm und Hofi stand schon da. Ich sah gleich, dass heute ziemlich viel los war, 'ne ganze Horde von Punkern lungerte neben den Bänken herum. Sie hatten einen Ghettoblaster dabei und hörten irgendeine scheiß Musik. Ich hörte mir kurz an, was der Sänger so von sich gab, aber es war fast nicht zu verstehen. Keine Ahnung, was das so war, jedenfalls typische Punkmusik, mit viel Bass und Aggro-Gesang.
Hofi und ich standen schweigend da, bis endlich Decker kam. Er hatte 'ne schwarze Cappie von Nike auf und tief ins Gesicht gezogen.
„Was geht?", fragte Hofi
„Hey, Decker! Du warst gar nicht im Bus!", begrüßte ich ihn.
„Hi", gab er zurück. „Nee, ich war noch in der Stadt und so."
„Du hast echt was verpasst. Da war ein saugeiles Mädchen, so richtig krass, die ist genau an deiner Haltestelle eingestiegen."

„Scheiße“, fluchte Decker „na ja, die hat wahrscheinlich ihren Freund besucht oder so.“
Stimmt, dachte ich mir, wahrscheinlich war es das. Ich fühlte mich richtig enttäuscht bei dem Gedanken. Irgendwie hatte ich gehofft, sie wäre neu in der Gegend und ich könnte ihr alles zeigen oder so was.
„Geile Cappie übrigens“, sagte Hofi und Decker nickte stolz.
„Hab ich mir gekauft. Die taugt voll, sag ich dir.“
Wir zogen jedenfalls erst mal los und kauften uns einige Biere, denn ich fühlte mich irgendwie flau im Magen wegen gestern und wollte das mit ein wenig Alk bekämpfen.
„Das ist ein Aufruf zur Gewalt! Bomben baun, Waffen klaun, Bullen auf die Fresse haun“, pöbelte der Sänger aus dem Ghettoblaster und die ganzen Punks grölten mit.
Ich sah gar nicht erst hin, man konnte eh nie sagen, ob die Typen Punks oder Nazis waren. An der Musik hörte man es jedenfalls nicht, und Springer und Glatze trugen sie eh alle. Nur dass die Punks links waren und alle Nazis hassten. Na ja, es gab auch so friedliche Typen mit gefärbten Haaren, irgendwie lächerliche Gestalten, aber die nannten wir normalerweise Spasten. Mit Punks meinten wir nur Skinheads und so.
„Zum Glück sind wir heut eh in der Wohnung“, meinte Hofi und ich nickte nur. Ich war auch irgendwie erleichtert, dass Berger grad nicht da war, der kuschte nämlich vor niemandem und hätte ‘nem Punk, der ihm was Blödes hinterherschrie, sicher erst mal eine in die Fresse gegeben. Nur dass die grade in der Überzahl waren. Manchmal ist es eben gut, ein bisschen zu kuschen und Berger nicht dabei zu haben.
Sogar Decker zog sich seine Cappie ins Gesicht und stapfte nur so an den Typen vorbei. Er sah irgendwie richtig stylisch dabei aus und ich dachte mir, ich könnte vielleicht auch mal wieder ‘ne Cap oder so was vertragen.

6

Hofis Wohnung lag ziemlich nahe am Asm, richtig genial in der Innenstadt. Deshalb hatte sie sich nach kurzer Zeit zum Saufzentrum entwickelt, vor allem, weil Hofis Mutter nur selten da war.
Heute waren wir aber anscheinend zu früh, denn als wir kamen, rannten wir der Mutter genau in die Arme. Sie hatte sich aufgestylt und zog gerade ihre Schuhe an, als wir reinkamen.
Sie sagte nur kurz Hallo und so, wir natürlich auch, bevor wir ins Zimmer verschwanden.
„Aber macht keinen Unsinn, Klaus", sagte sie und wir grinsten alle blöd vor uns hin. Der Hofi hieß nämlich mit Vornamen Klaus, aber das war ihm saupeinlich.
Dann war seine Mutter auch schon weg und wir entspannten uns etwas. Zum Glück hatten wir die Biere in den Rucksack gepackt, obwohl sie wahrscheinlich eh wusste, dass wir zum Saufen hier waren. Trotzdem, Mütter checken so was meistens nicht oder es ist ihnen egal, aber wenn man so mit fünf Bieren im Arm vor seinen Eltern rumläuft, kanns sein, dass sie 'nen kleinen Schock bekommen. Die denken nämlich meistens, wir trinken höchstens mal ein oder zwei Sachen und sind dann schon total hacke. Höchstens Bergers Eltern wissen wirklich, was los ist, aber denen ist eh alles egal, was ihr Sohn macht.
Wir setzten uns also hin. Es war so etwa acht Uhr und Hofi machte erst mal etwas Mucke an mit seiner geilen Anlage. Die hatte so 'nen fetten Bass, dass einem der ganze Schädel vibrierte – und auch der Schädel der Nachbarn, aber das war uns egal.
Der Decker musste natürlich gleich Mefisto auflegen, weil er HipHop scheiße fand, besonders Frauenarzt, was die Lieblingsband vom Hofi war. Der Hofi wurde natürlich sofort zum Berserker und führte sich total auf, weil Decker so schwules Indie-Zeug und Rockmusik hören wollte. Aber Decker sagte, HipHop wäre scheiße, weil da gäbs nur einen Billigbeat und irgend 'nen Spasten, der scheiße dazu rappt.
Na, mir war es egal, ich fand HipHop schon geil und Frauenarzt

irgendwie auch. Aber Mefisto war auch in Ordnung. Mit ein Paar Bierchen konnte ich mir fast alles anhören und es geil finden, außer vielleicht Techno und so, das war dann doch zu scheiße. Nach dem Lied hörten wir dann natürlich Frauenarzt, so 'n Typ, gegen den ist Aggro Berlin noch echt harmlos und brav. Ich machte also erst mal mein Bier auf und gönnte mir ein paar tiefe Schlucke, bevor ich mich zurücklehnte und auf die Musik lauschte.

„Das ist der Bassprolet, der die Party belebt
Sich besäuft und betrinkt und auf dicke Weiber steht
Er geht erst am frühen Morgen in die Diskothek
Er sucht sich irgendeine Nutte, die sich wild bewegt
Er legt den Arm um sie und labert sie nett voll
Er stellt sich vor: Hallo, Nutte, ich bin ein Proll
Denn er weiß genau, wie und was er grade tut
Er will die Nutte nur ficken, und das gibt er auch zu
Weil heutzutage sind die Nutten verhurt
Sie gehen fremd, ficken rum, Atze, kuck auf die Uhr."

So war der Text, und das war der soziale Teil, also nicht gerade das Schlimmste, was die so sangen. Das Lied jedenfalls war eigentlich ganz cool und mit jedem Schluck gefiel es mir besser. Trotzdem fühlte sich das Bier irgendwie seltsam in meinem Bauch an. Wahrscheinlich, weil ich noch völlig vergiftet war vom Tag davor oder weil ich gereihert hatte. Jedenfalls schmeckte der Alk scheiße, aber das war auch egal. Wer säuft, weil es ihm schmeckt, ist eh ein Alkie oder ein Erwachsener. Wir soffen sowieso bloß, um hacke zu sein und abzuschalten, und fanden das meiste Zeug eigentlich eklig wie Sau.

„Mach dich ran an die Nutte
Nutte, Nutte, Nutte
Mach dich ran an die Hure
Hure, Hure, Hure

Mach dich ran an die Fotze
Fotze, Fotze, Fotze
Mach dich ran, Atze
Mach dich ran, Atze."

„Oh Mann, ich bin noch total geschwächt von gestern", sagte ich. „Heute geht glaub ich echt nicht so viel bei mir."
„Alter, du warst auch so was von hacke gestern", meinte Decker. „Mann, weißt du noch, was da passiert ist? Du hast voll randaliert und die Bullen kamen."
„Ja, klar. Wären wir nicht gewesen, hätten die dich auf jeden Fall mitgenommen", behauptete Hofi.
Ich sagte erst mal nichts und grinste so vor mich hin. Es war schon irgendwie lustig gewesen, das Ganze. Eine echte Story, 'ne Heldengeschichte, die man immer wieder erzählen konnte.
„Du warst echt so 'ne Gestalt gestern", lachte Decker vor sich hin und wir anderen mussten auch lachen. Ja, es war schon geil gewesen.
„Hey, Hofi, vorhin ist mir aufgefallen, dass deine Mutter eigentlich saugeil ist", sagte Decker plötzlich.
Hofi sah ihn gleich ganz komisch an. Das war nämlich ein Thema, das ihn echt aufregte, wenn man über seine Mutter redete. Es störte ihn, dass seine Mutter abends ausging und sich aufstylte und so. Das konnte ich echt verstehen, mich hätte es auch genervt. Trotzdem machte es auch Spaß, Hofi zu verarschen, er konnte einen nämlich mit seiner Art manchmal ganz schön aufregen.
„Halt die Fresse", sagte Hofi und wollte den Fernseher anmachen, aber Decker erzählte weiter über seine Mutter, dass sie wahrscheinlich heute in Zirkel gehen und 'nen Typen aufreißen würde. „Ich glaub, ich geh dann später in Zirkel und treff deine Mutter. Dann füll ich sie ab und bring sie heim", sagte er.
Jetzt war Hofi echt sauer, aber wir hatten unseren Spaß gefunden. „Mach dich ran an die Mutter, Mutter, Mutter, Mutter", sangen wir. „Mach dich ran, Matze, mach dich ran, Matze."
Der Decker hieß nämlich mit Vornamen Matze.
„Du Wichser, dir könnte ich echt in den Hals scheißen!", grummel-

te Hofi vor sich hin.
„Und ich hack dir deinen widerlichen Kopf ab und zertrete ihn auf der Straße“, behauptete Decker, aber das war mehr als Witz gemeint. Es machte halt manchmal Spaß, sich zu beleidigen und so.
Die beiden beschimpften sich noch ‘ne Weile, aber irgendwie musste ich plötzlich an das Mädchen im Bus denken. Ich hatte so das Gefühl, wenn sie dabei gewesen wäre, dann hätte sie es nicht so toll gefunden, was wir machten.
Aber dann war es schon so weit. K1 fing an und wir sahen es uns erst mal an. Hofi und Decker machten zusammen White Russian und zwar mit ‘ner verdammt großen Menge Wodka. Ich trank erst mal nur ein Glas und sonst Bier, weil ich mich wie gesagt nicht so toll fühlte, aber nach einer Stunde und zwei weiteren Bierchen war das Gefühl irgendwie besser geworden und der White Russian tat seinen Teil. Wodka macht nämlich aktiv und Koffein sowieso. Deshalb ist auch eines der geilsten Partygetränke Wodka Red Bull, da wird man vom Red Bull aufgeputscht und irgendwie mutig und aggressiv vom Wodka. Da tanzt man die ganze Nacht ab und erlebt ein Abenteuer nach dem anderen.
Wir schauten uns K1 an und es war wieder mal so richtig aggressiv. Bob Sapp prügelte einen Typen total zusammen und der drehte sich dann sogar weg und bekam ‘nen Schlag in den Rücken, so dass er umfiel und nicht mehr wieder aufstand. Das war so geil, dass wir alle grölten und lachten.
Es wurden auch ein paar Freefights gezeigt, in den Pausen, aber die waren langweilig, obwohl da echt alles erlaubt ist. Die Leute liegen da die ganze Zeit nur am Boden, deshalb ist K1 viel brutaler und krasser, obwohl man da viel weniger darf.
K1 ging insgesamt bis halb elf und ich hatte dann doch fünf Biere und ein Glas White Russian getrunken, so dass ich schon gut dabei war. Als K1 vorbei war, wollte ich eigentlich sofort in die Stadt, aber der Decker hatte sein Glas noch nicht ausgetrunken und meinte, wir sollten erst mal slow machen. Also saßen wir einfach so rum und ich überlegte, ob ich noch ein Bier aufmachen sollte.
„Ein Bier würde mich jetzt beschäftigen, dann muss ich nicht auf

die anderen warten“, dachte ich.
Dann hätte ich aber eines von Hofi schnorren müssen, das bei ihm im Kühlschrank lag, und der machte immer so ein Theater, weil seine Mutter ja dann bemerkte, dass ein Bier fehlte. Also lieber nicht.
Plötzlich sprang Hofi halb auf und machte den Computer an.
„Ey, hab ich euch schon von ‚Hallo Werner’ erzählt?“, fragte er.
„Nee“, meinte Decker und ich sagte gar nichts, weil irgendein Typ namens Werner war mir echt scheißegal.
„Das ist so ‘n Video, auf YouTube“, sagte der Hofi.
Das klang dann schon interessanter, weil YouTube war so ‘ne Sammlung von Videos im Internet, die konnte jeder anschauen und jeder konnte seine Sachen hochladen. Also, ich fand das Zeug total cool, wir schauten uns meistens so Hooligan-Schlägereien oder Best of K1 an. Aber der bekannteste Film war natürlich Vollassi Toni. „Die Wahrheit“ nannte er das Video, wo Toni mit nacktem Oberkörper auf ‘ner Bank lag und über Frauen laberte. Daher stammten so Kultsätze wie: „Die Nutten sind raffiniert, die nehmen das Geld“, oder „Bam ba-bam bam“, und vor allem: „Ich hab schon mehr gefickt wie gepisst. Kleiner Scherz am Rande, aber im Prinzip stimmts schon.“
Und Vollassi Toni war echt assig, also, man konnte sich ewig darüber totlachen, was der so erzählte über die Tussis. Ja, alle mochten Vollassi Toni und es gab sogar T-Shirts mit seinen Sprüchen drauf. Wenn man zu irgendwelchen Jungs kam und die gar nicht kannte, konnte man einfach über „Die Wahrheit“ reden, weil das kannte eh fast jeder.
Na ja, diesmal jedenfalls hatte Hofi ein Video aufgetan, das fast noch geiler war als Vollassi Toni.
Bei „Hallo Werner“ lief ein fetter, riesiger Zuhälter-Typ rum und erzählte den Interviewern, wies so im Geschäft zuging. Während er so laberte, kam ein Typ und sah in die Kamera. „Haste ‘n Problem?“, fragte der Zuhälter und gab ihm gleich mal ‘ne Faust, dass der andere wegflog. „Noch ‘n Problem? Besser ist das!“
Wir waren natürlich alle sofort begeistert und wollten das Video noch ein paarmal anschaun, aber dann hing Hofis Computer plötz-

lich und nichts ging mehr und wir mussten ihn ausschalten. Da war auch schon Deckers Glas leer und wir konnten los, in die Stadt gehen.
Hofis Computer war halt die letzte Scheiße, weil er hatte sich mal auf so 'nem Server tausend Viren eingefangen. Da hatte er einfach alle Pornos, die es gab, runtergeladen und da war auch eine exe-Datei dabei gewesen, die hatte er gleich mit geöffnet. Von da an waren tausend Cookies und Viren und alles Mögliche auf seinem Computer und er bekam sie nicht mehr weg.
Na ja, aber das waren so Sachen, die jedem passierten. Wenn man oft mp3s und Videos runterlädt, dann ist der Computer zwangsläufig dauernd kaputt, weil immer irgend 'ne Scheiße mit auf die Festplatte kommt.
„Hopp, Leute, jetzt ziehn wir durch die Stadt", beschloss Decker und ich stimmte ihm zu. Ich war eben in der Laune, Leute zu treffen und irgendwas zu erleben, obwohl man um diese Zeit echt sauschwer noch 'nen Platz in 'ner Kneipe fand.
Wir gingen also raus und es war inzwischen sogar ganz gutes Wetter für die Nacht. Dank dem Suff merkten wir auch die Kälte nicht mehr wirklich. So zogen wir also erst mal durch die Nacht, ich voran, denn ich fühlte mich so richtig beflügelt und aktiv. Ich war mir fast sicher, dass ich das Mädchen aus dem Bus heut treffen würde oder irgendein anderes, vielleicht Johanna aus meiner Klasse oder so.
Wir merkten schnell, dass es heute überall sauvoll war. Im Hinterhaus gab es gar keinen Platz mehr und wir gingen gleich wieder raus und in den Schlupf. Aber da war auch nichts frei, obwohl Hofi ein paar Typen traf, die er irgendwoher kannte. Die hatten aber auch keinen Platz am Tisch.
Als wir gerade aus dem Schlupf rausgehen wollten, sah ich aus den Augenwinkeln etwas blitzen, so richtig blonde Haare. „Das Mädchen aus dem Bus", dachte ich mir sofort.
Aber in der dunklen Kneipe konnte ich sie nicht so genau erkennen, das Schlupf war nämlich immer ziemlich düster und verraucht. Und hingehen, das wollte ich auch wieder nicht.
Also gingen wir erst mal wieder raus und überlegten, wo wir

hinsollten. Erst mal zum Döner-Laden und jeder zwei Biere kaufen, beschlossen wir.
Gesagt, getan. Wir kauften die Biere und setzten uns erst mal zum Asm, um zu überlegen, wo wir hingehen sollten. Jeder von uns trank seine Sachen und wir beeilten uns. Es war eben doch nicht so angenehm, hier draußen rumzuhängen, bei dem Wetter zumindest. Ich fühlte mich schon etwas fertig, aber noch nicht so richtig hacke, das würde heute aber noch kommen. Aber nicht so krass wie gestern, das war klar, sonst würde der Sonntag die Hölle werden.
Die Punks lungerten immer noch in einer Ecke rum und unterhielten sich und schrieen. Ich konnte hören, wie eine Flasche irgendwo zerschmettert wurde. Anscheinend gings denen auch schon richtig gut.
Als unsere Biere fast fertig waren, kam ein Punk rüber. Er war echt schon voll im Arsch, konnte fast nicht mehr gehen und hielt 'ne halb volle Flasche in der Hand.
Jedenfalls warf er die Flasche in unsere Richtung. Sie zerplatzte aber nicht, sondern rollte nur so über den Steinboden. Der Punk kam gleich auf uns zu, er war so um die dreißig und ziemlich breit. Mit seiner Bomberjacke sah er gleich noch mehr aus wie ein richtiger Kasten.
„Hey, Mann, räumt eure Scheiße da weg", schrie er plötzlich. „Wollt ihr, dass die Bullen kommen?"
„Was für 'ne Scheiße?", fragte ich sofort. So was wollte ich mir echt nicht gefallen lassen.
„Na, die Flasche und so ...", lallte der Punk vor sich hin, aber er kam dabei genau auf mich zu.
„Die ist nicht von uns." Jetzt stand ich auf und stellte mich hin. Der Typ war ziemlich hacke, seine Arme baumelten lose runter. Mir ging es allerdings auch nicht viel besser, wenigstens konnte ich noch richtig stehen und so.
„Hey, komm", sagte ich friedlich. „Die Flasche hast du doch grade geworfen. Wir wollen eh grad abhauen."
Dann hatte ich plötzlich eine in der Fresse und ich wusste auch nicht genau, warum oder wie. Der Punk schlug jedenfalls ziemlich

hart zu. Zum Glück traf er nur meine Schläfe und ich war sowieso hacke, so dass es nicht besonders weh tat. Trotzdem fiel ich erst mal nach hinten um, in die Bank rein und dann auf den Boden, wegen der Wucht des Schlages.

Der Punk kam gleich 'nen Schritt auf mich zu, um noch mal in mich reinzustiefeln, aber plötzlich war noch ein anderer Typ da und zog den Punk weg und Decker stellte sich zwischen uns. Jedenfalls half mir Decker sofort auf und zog mich weg, während der eine Punk auf den anderen einredete.

„Der Wichser, der glaubt, ich bin 'ne Zecke, Mann. Das seh ich. Der Wichser", schrie der Punk rum und sein Freund sagte: „Du hasts ihm eh schon gezeigt. Haun wir ab, bevor die Bullen kommen."

„Scheiß Spießer", schrie uns der Punk noch nach, aber wir waren schon fast weg. Ich taumelte hinter Decker her und fühlte mich total scheiße. Fuck, der Typ hatte mich grade voll niedergeschlagen, mir wurde das erst so nach und nach bewusst. Klar war: Mir würde es gleich sauschlecht gehen, spätestens morgen, wegen der Demütigung und so.

„Scheiße, Mann, was war 'n das?", fragte Decker „So ein Arschloch, das pisst mich total an."

„Passt schon", sagte ich, obwohl es in echt gar nicht passte, sondern ich mich scheiße fühlte. „Hat nicht mal weh getan."

„Na ja, der hätte wahrscheinlich sogar den Berger umgenietet", behauptete Decker. „Der war ja ein fetter Riese, so ein richtiger Bob Sapp."

Ich fühlte mich trotzdem scheiße, saumies, aber irgendwie hatte ich das Gefühl, es vielleicht ausgleichen zu können. Vielleicht wenn der Abend so richtig geil werden würde? Wenn ich jetzt heimfahren würde, dann müsste ich die ganze Nacht noch darüber nachdenken, was grade los gewesen war. Dann schon lieber saufen und sich ablenken.

Also gingen wir erst mal in den Schwarzen Ritter, so 'ne Kneipe, die bis fünf Uhr früh offen hat. Decker wollte die ganze Zeit über die Sache reden und gegen die Punks lästern, aber ich wollte das Ganze einfach nur vergessen. Trotzdem hatte ich auch keinen

Bock, den anderen zu zeigen, dass die ganze Sache mir voll nahe ging.
„Nächstes Mal mach ich ihn alle, den Wichser", sagte ich nur. „Hab die Faust nur nicht gesehen! Aber geil von dir, dass du mich gleich weggezogen hast!"
„Scheiß Punks. Die sind der letzte Dreck", kommentierte Hofi.
Ich bestellte gleich mal 'nen Schnaps, was richtig Krasses: 'nen Escorial, das ist so Zeug, das wird brennend serviert und hat zweiundfünfzig Prozent. Der Schwarze Ritter war 'ne krasse Spelunke, mehr so für erwachsene Profisäufer, aber uns gefiel es in dem Moment ganz gut, obwohl da keine anderen Jugendlichen waren. War echt 'ne klasse Kneipe.
Ich schüttete den Escorial runter und danach gleich noch ein Bier, und nach und nach ging das Gespräch wieder um was anderes oder ich bekam es gar nicht mehr so richtig mit.
„Ey, Hofi, wir lassens heut richtig krachen, o. k.?", fragte ich und Hofi war sofort dabei. Ich gab Hofi und Decker je einen Wodka aus und trank auch selber mit. Es musste einfach ein geiler Abend werden, damit ich die Scheiße vergessen konnte. Wenigstens dachte ich im Suff nicht mehr, und wenn, dann hatte ich dabei keine Gefühle. Es war mir dann auch egal, ob ich gefotzt wurde oder nicht.
Plötzlich lehnte sich Hofi zur Seite und kotzte einfach auf den Boden.
„Du Idiot!", schrie Decker und ich lachte laut auf.
„Du Spast, kannst du dich nicht zurückhalten?"
Dann kam schon der Wirt und er war ziemlich sauer. Hofi lief zur Toilette und verschwand da, während wir halfen, die Kotze wegzuwischen.
Während Hofi weg war, machten wir Witze über ihn, weil er grade gekotzt hatte, und ich war richtig gut drauf, weil Decker konnte immer saulustig erzählen, wenn er wollte.
Irgendwann erschien plötzlich der Wirt vor uns und schrie mich an, ich wusste gar nicht, warum. Alles drehte sich irgendwie um mich und ich sah den Mann wie durch einen Tunnel hindurch weit weg und verschwommen.

„Schau, was dein Freund gemacht hat!“, schrie der Wirt. „Verschwindet hier, ihr ...“
Dann waren wir auf der Straße, wie, konnte ich nicht sagen, und auch nicht, warum. Wir wanderten Arm in Arm und sangen laut Sauflieder von den Toten Hosen. Zwei Türken kamen uns entgegen.
„Servus, Mann!“, schrie ich ihnen zu, aber die waren wohl eher angepisst und beachteten uns nicht.
Irgendwie waren wir dann auch zum Bahnhof gekommen und ich fand ‘ne leere Bierflasche und schleuderte sie auf das Schaufenster von so ‘nem Sportgeschäft. Ich traf aber nicht, die Flasche zerplatzte auf der Straße und ein Taxifahrer stieg aus seinem Wagen und schrie uns an.
„Verdammtes Pack!“, brüllte er. Aber wir waren schon weg und dann liefen wir noch an allen möglichen Orten rum, aber ich bekam eh nichts mehr mit. Und das war auch gut so, denn ich musste über gar nichts nachdenken und es ging mir gut. Zumindest gings mir neutral, weil im Suff hat man halt einfach keine richtigen Gefühle. Das ist ja das Gute daran.

7

Als ich aufwachte, merkte ich gleich: Der Tag ist im Arsch. Ich stellte erst mal fest, dass ich in Hofis Wohnung war. Hatte bei ihm auf dem Sofa geschlafen. Mein Schädel dröhnte und mir war total schlecht. Also ging ich erst mal pissen, trank ein paar Schlucke Wasser, die ich aber fast nicht runterbekam, und legte mich wieder hin.
Beim zweiten Mal aufwachen stach mir die Sonne voll ins Gesicht und ich erkannte, dass ich jetzt wohl nicht mehr würde schlafen können. Trotzdem ging es mir noch sauscheiße. Ich stand auf und die Erinnerungen an letzte Nacht kamen mir wieder in den Sinn. Es war richtig scheiße, daran zu denken, wie ich vor meinen Freunden fertiggemacht worden war und was sie jetzt von mir halten würden.

Ich wischte den Gedanken erst mal bei Seite und zwang mich, an was anderes zu denken. Trotzdem kam er immer wieder hoch, während ich erst mal was frühstückte und mir einen Kaffee machte. Mir ging es total scheiße, meine Stimme war im Arsch und die Schläfe tat weh, obwohl man keine Wunde sehen konnte, wo der Punk mich getroffen hatte.
Obwohl ich dauernd in seinem Zimmer herumlief, war Hofi noch nicht aufgewacht. Ich stellte fest, dass ich aus irgendeinem Grund zwar einen Pulli, aber sonst nur Boxershorts trug, und begann, meine Hose und meine Socken zu suchen.
Es dauerte eine ganze Weile, bis ich sie fand, sie waren nämlich über das ganze Zimmer verteilt. Mein Schädel hämmerte und mir war trotz des Frühstücks so richtig schlecht.
„Scheiße", murmelte ich vor mich hin. Ich hoffte, dass Hofis Mutter noch schlief oder schon weg war, ich wollte ihr nämlich so auf keinen Fall unter die Augen kommen.
Ich wartete eine halbe Stunde, doch Hofi stand noch immer nicht auf. Also ging ich einfach. Mir fiel sofort auf, dass Kotze an meiner Kleidung hing, aber das war auch egal. Wahrscheinlich stank ich wie die Sau, jedenfalls war mein Gesicht völlig verquollen und versifft.
Ich quälte mich in den Bus und starrte die ganze Zeit gradeaus, während ich nach Hause fuhr. Immer wieder drängte sich mir die beschissene Erinnerung an den Punk auf und ich grübelte, was ich hätte anders machen können. Ich stellte mir vor, wie ich gleich zugeschlagen hätte oder noch mal zurückgegangen wäre, um den Kampf zu gewinnen. Aber im Grunde genommen wusste ich genau, dass ich fettes Glück gehabt hatte. Wenn Decker mich nicht weggezogen hätte, dann wäre ich vielleicht richtig krankenhausreif gefotzt worden.
Ich wusste sofort, der Tag würde die Hölle werden, und da es Sonntag war, konnte ich nicht mal ausgehen oder saufen. Ich musste mich dem stellen, was jetzt auf mich zukam: dem Grauen. Bis vier oder fünf hockte ich vor'm Fernseher und bemühte mich, Wasser zu trinken, auch wenn mein zerstörter Magen das nicht mit sich machen lassen wollte. Einmal musste ich aufs Klo und selbst

das war mit dem Schädel, den ich hatte, die Hölle.
Ich fraß, so viel ich konnte, musste aber fast kotzen. Sonst hing ich nur rum und bemühte mich, nicht an den Abend gestern zu denken. Trotzdem tat ich es natürlich, sogar dauernd, und es war die reinste Qual.
Die Gedanken kamen die ganze Zeit, dasselbe wie immer: wie hätte ichs besser machen können, warum hat er mich rausgesucht, hab ich mich vor den anderen blamiert ... Es war einfach ein scheiß Gefühl, so richtig fertiggemacht worden zu sein, jemandem so ausgeliefert gewesen zu sein für ein paar Augenblicke. Wahrscheinlich, dachte ich mir, ist es immer scheiße, wenn einer was mit dir macht, was du nicht willst, und du kannst es nicht verhindern. Das ist eigentlich wie 'ne Vergewaltigung. Nur vielleicht nicht so schlimm.
Meiner Mutter erzählte ich nichts. Ich wusste nämlich, sie würde mich bedauern und entsetzt sein, und das würde nur alles noch schlimmer machen. Oder sie würde glauben, ich erzählte nicht die ganze Geschichte. Meine Eltern dachten nämlich, dass jemand kommt und einen ohne Grund schlägt, das könnte nicht passieren. Die wussten halt nicht, was so los ist bei uns.
Jedenfalls war es so wie immer: Wenns dir scheiße geht, bist du alleine, und keiner kann dir helfen, außer es ist Freitag Abend und du gehst weg, um alles zu vergessen und nur noch abzufeiern.
Um sechs rief ich irgendwann Decker an. Mir ging es so scheiße, dass ich mit irgendwem reden musste. Er begann natürlich sofort mit gestern und ich tat so, als würde es mir nichts ausmachen.
„Scheiß Punks, diese Zecken, die versauen die ganze Stadt", sagte Decker. „Die hängen überall rum, schlägern oder randalieren. Ist echt scheiße."
„Ja, die sollte mal einer ausrotten. Die sind genauso wie Nazis, nur dass sie einfach alle fotzen und nicht nur Ausländer."
Na ja, so Zeug sagten wir halt. War ein Hassgespräch und danach gings mir kurz besser. Trotzdem kam alles zurück und ich sah mir bis Mitternacht Filme an, um mich abzulenken, und konnte danach fast nicht schlafen, weil mir dauernd der Hass hochkam und ich total unruhig war.

Eins war mir klar: Nächstes Mal würde ichs nicht so weit kommen lassen. Da würde es ganz anders werden. Ich würde sofort zuschlagen, als Erster. Ich beruhigte mich mit dem Gedanken an Rache und schlief endlich irgendwann ein.

8

Der Montag war meistens einer der schlimmsten Tage. Montag und Donnerstag, da war ich meistens scheiße drauf. Am Freitag konnte man sich immerhin noch aufs Wochenende freuen. Aber Montag, das ist so 'ne Sache, da hat man echt keinen Bock, sich auf die scheiß Schule zu konzentrieren, da muss man über die Sachen nachdenken, die am Wochenende passiert sind.
So gings mir natürlich auch. Im Bus hatte ich das Ipod voll aufgedreht und die Musik spülte zusammen mit der Müdigkeit alle Gedanken weg. Es war, als würde irgendein durchsichtiger Vorhang vor der Welt hängen. Alles kam mir irgendwie leiser und weit entfernt vor, weil ich mich so müde fühlte. Viertel vor sieben aufstehen war halt nicht meine Zeit.
In den Ferien wachte ich meistens so um halb neun auf, wenn ich am Tag vorher nicht gesoffen hatte. Das war genau die Zeit für mich, dann gings mir den ganzen Tag lang gut. Wenn ich um sieben schon auf war, dann wusste ich: Der Tag wird schon mal irgendwie scheiße. Die ersten beiden Stunden, also von acht bis halb zehn, bekam ich dann meistens auch nicht so viel mit, weil ich den Schlaf noch so halbwegs nachholen musste. Manchmal musste ich natürlich wach sein, zum Beispiel weil wir 'ne Arbeit schrieben oder weil ich Anschiss von 'nem Lehrer kassierte. Das weckt einen irgendwie auf, zumindest für 'ne Weile. Aber richtig denken kann man echt nicht an so 'nem Tag, an dem man zu früh aufstehen musste.
Jedenfalls traf ich im Bus gleich Decker. Der hatte seine Cappie auf, die er sich am Wochenende gekauft hatte. Er war echt stolz darauf, auch wenn seine Haare darunter ziemlich scheiße aussahen, weil sie so plattgedrückt wurden. Aber das sah man eh nur,

wenn er sie abnahm – und das hatte Decker gar nicht vor.
„Alter, mit der Cappie siehst du fast aus wie so ‘n Gangsta-Typ“, meinte Hofi, aber Decker war das egal.
„Die Cap ist geil, also halts Maul“, sagte er. Ende der Diskussion.
Erste Stunde war Reli bei Herrn Meiler, so einem langweiligen alten Typ, der saulangsam redete und nur Scheiße durchnahm. Also manchmal, in manchen Jahren meine ich, war Reli schon ganz lustig, wenn wir so über Politik redeten oder über Sachen, die uns interessierten. Aber beim Meiler gings nur um so Scheiße, irgendwelche Striche, wo auf der einen Seite die Welt und auf der anderen der Geist ist. Vielleicht wars auch anders, mir jedenfalls ging das Ganze voll am Arsch vorbei und ich bereitete mich schon mal auf eine Stunde Schlaf nachholen vor.
Wir setzten uns also, nachdem es gegongt hatte, und der Meiler ordnete erst mal seine ganzen Unterlagen und las irgendwas darin. Keine Ahnung, jedenfalls nervte es. Jeder hatte so ‘n bisschen Schiss, abgefragt zu werden, und weil der Meiler immer so blöd rumsuchte, bis er einen aufrief, waren das immer ein paar Minuten der Angst. Manchmal hatte ich echt das Gefühl, das machte ihm Spaß und er suchte nur deshalb immer so lange rum. Vielleicht ernährte er sich von unserer Angst, er sog sie in sich auf und sie stärkte ihn. Alt genug, um irgendein Zombie oder so was zu sein, war er eh schon.
Jedenfalls legte ich meinen Kopf gleich mal auf den Tisch und machte die Augen zu. Selbst wenn er mich aufrief, würde das nichts ändern, ich würde so ein bisschen labern und ‘ne Vier bekommen, was dann an meiner Note auch nichts ändern konnte. Reli war halt für den Arsch, zumindest beim Meiler.
„So ... heute fragen wir ...“, zögerte der Meiler raus und sog unsre Angst auf. Dann: „Decker!“
Decker sah verwirrt auf. Man konnte genau sehen, was er dachte: Scheiße gelaufen, aber na ja, was solls.
„Decker“, fuhr der Meiler fort. „Sie wissen, was ich von Ihnen will.“
Decker zuckte die Schultern. „Keine Ahnung. Sagen Sies mir.“
Meiler stand auf und funkelte ihn an. „Mütze runter.“

„Was?“ Decker wirkte kurz verwirrt. Dann checkte er erst, was der Meiler wollte. Er sollte die Cappie abnehmen, aber darauf hatte er natürlich keinen Bock. Immerhin sahen seine Haare darunter scheiße aus, außerdem war er voll stolz darauf, sie zu tragen.
„Was für ‘ne Mütze?“, fragte Decker deshalb frech.
„Die Mütze, die Sie tragen!“ Meiler war jetzt richtig wütend und schrie Decker an. Er war so ein Lehrer, der alle Schüler mit Sie und Nachnamen anredete. Voll gestört eigentlich, aber es sagte auch was über Meilers Charakter aus.
„Ach so“, sagte Decker mit einer Stimme, die das Ganze irgendwie runterspielte. „Das ist doch ‘ne Cappie. Klar, die nehm ich gerne ab, extra für Sie.“
Natürlich hatte er keinen Bock drauf und war voll sauer, das sah man daran, dass er so stänkerte. Aber was sollte er machen? Lehrer können halt bestimmen, was sie wollen.
Na ja, der Meiler führte sich dann noch ein bisschen auf, aber Decker nahm die Cappie schon ab und verschränkte die Arme. Das bedeutete: Jetzt hab ich keinen Bock mehr.
In der zweiten Stunde wars gleich wieder das Gleiche. Decker hatte die Cappie natürlich wieder auf. Wir checkten eh nicht, was die Lehrer dagegen hatten. Ich meine, klar, bei der Arbeit, wenn man die Cap ins Gesicht zieht und dann abschreiben kann, das ist Beschiss, aber im normalen Unterricht? Außerdem war die Cap bei Decker so hoch, dass man sein Gesicht eh sehen konnte.
Jedenfalls musste Decker die Cappie wieder abnehmen und in der Pause war er schon ziemlich sauer.
„Nächste Stunde nehm ich sie nicht ab“, versprach er uns, aber das war auch nicht so schwer, weil da hatten wir Kunst bei Frau Elling und die war irgendwie ein bisschen unsere Verbündete in dem täglichen Krieg. Ich meine, dem Krieg gegen die Lehrer und die Ungerechtigkeit und so. Sie machte jedenfalls keine unfairen Regeln und deshalb vertrauten wir ihr irgendwie, dass Decker die Cappie auch würde tragen dürfen.
Die beiden Stunden waren dann auch echt o. k.
„Solange ich dein Gesicht sehen kann, darfst du tragen, was du willst“, war das Einzige, was sie dazu sagte. Und Decker war

sofort glücklich und machte sogar mit, indem er an seinem Bild rumzeichnete.
Klar, wenn die Lehrer nicht grad unsere Feinde waren, dann arbeiteten wir auch freiwillig mit, ich meine, nicht nur für Noten, sondern einfach so, weils uns Spaß machte. Aber meistens waren die Typen halt Wichser, die uns irgendwie fertigmachen wollten – und dann konnten wir natürlich auch nichts machen, weil wir ganz damit beschäftigt waren, Hass auszustrahlen.
Aber klar, man muss sich halt der Übermacht beugen, und deshalb lernten wir dann schon ab und zu, vor Schularbeiten zum Beispiel. Wir waren ja keine kaputten Typen oder irgendwelche Straßenkinder, die nichts auf die Reihe brachten. Wir waren ganz normale Jugendliche wie die meisten in unserer Schule. Außer natürlich die Streber, die nie weggingen, und die gestörten Spasten, die was weiß ich was machten. Die waren schon anders als wir, aber die hatten auch 'nen Schaden.
Jedenfalls war Kunst ganz nett und wir unterhielten uns, während wir zeichneten, über alles Mögliche, auch mit den anderen Jungs aus der Klasse und so.
Die letzten beiden Stunden war dann Mathe, und der Anders war klarerweise ein Arsch wie immer.
„Das ist doch eine Frechheit", war sein erster Kommentar zu der Cappie. Wir wussten zwar, was er meinte, stellten uns aber alle dumm. Der Wichser sollte Decker ruhig zweimal bitten, bevor der die Cappie abnahm.
„Na ja, bei euch beiden da hinten weiß man ja sowieso, woran man ist", wetterte das Arschloch. „Wenn ihr euch später mal so benehmt wie jetzt, dann landet ihr garantiert auf der Straße, da könnt ihr euch dumm stellen, wie ihr wollt. Bei mir in der Stunde werden jedenfalls keine Mützen getragen."
„Ey, ich weiß echt nicht, was Sie meinen." Decker zuckte mit den Schultern. „Tut mir echt leid."
Daraufhin bekam er erst mal 'nen Verweis, aber nicht wegen der Cappie, was ich irgendwie noch verstanden hätte, obwohl der Anders ja nicht wissen konnte, dass der Decker ihn eigentlich genau verstand. Er bekam den Verweis, weil er „ey" gesagt hatte,

und das beleidigte den Anders nun mal, auch wenns keine Absicht gewesen war.
„Jetzt nimm endlich deine Mütze ab“, befahl Anders, „sonst bekommst du gleich den zweiten Verweis noch mit. Ich glaube nicht, dass du dir so was noch leisten kannst.“
„Warum muss ich denn die Cap abnehmen? Die stört Sie doch gar nicht“, maulte Decker
„Weil es unhöflich ist“, sagte der Feind.
„Und warum?“
Da wusste der Anders anscheinend auch nichts dazu zu sagen, jedenfalls schrie er Decker an:
„Jetzt gibt es keine Diskussionen, nimm die Mütze ab oder ich schick dich gleich zum Direktor.“
Decker packte die Mütze und knallte sie auf den Tisch, dass es krachte, so sauer war er. Man sah richtig, wie seine Augen ganz finster wurden, als er sich zurücklehnte und die Arme verschränkte.

9

Der Tag war schon mal versaut! Jedenfalls für Decker, aber eigentlich war ich auch sauer auf den Anders, obwohl es mir eigentlich egal sein konnte, was der mit anderen so machte.
„Der Anders müsste echt verrecken!“, das war Deckers Meinung und ich gab ihm recht. Im Fernsehen gabs ja diese Geschichten von Amoklauf und so, von Schülern, die ihre Lehrer abknallten. Na ja, ich hätte so was natürlich nicht gemacht, weil ich wollte nicht sterben und so. Hatte einfach noch zu viel vor. Aber trotzdem: Wenn ich einen Amoklauf machen würde, das war klar, dann würde Anders dran glauben müssen.
„Die Lehrer sind eh alle Wichser an unserer Schule“, sagte Hofi und Decker gab ihm recht.
„Außer die Frau Elling, die ist schon in Ordnung“, meinte ich.
„Ja, klar, es gibt schon ein paar, die passen“, gab Decker zu. „Der Herr Werner war auch cool.“

„Weil du ‘ne Eins hattest bei ihm. Sonst hättest du ihn voll gehasst“, behauptete Hofi.
„Ist doch scheißegal, Mann. Jedenfalls haben wir dieses Jahr nur Scheiße erwischt. Echt, ich warte nur noch, dass das Jahr vorbei ist.“
„Na und? Dann kommt halt das nächste Jahr. Und es gibt noch viel beschissenere Lehrer als den Anders, so richtige Schweine, die jeden fertigmachen, wie den Herrn Frisch.“
Decker nickte. „Stimmt schon. Da haben wir echt Glück, dass wir den Frisch nicht haben dieses Jahr, diesen Spasten.“
So Zeug redeten wir und die Stimmung wurde wieder etwas besser. Rachepläne schmieden und lästern macht halt doch sauviel Spaß.
Nach der Schule ging ich erst mal heim und musste mich mal wieder ausfragen lassen, während meine Schwester so vor sich hinschwätzte. Wie halt jeden Tag. Heute dachte ich mir aber, es war schon in Ordnung. Meine Eltern waren ganz o. k., keine so Asso-Eltern. Überhaupt mein Leben war schon o. k., es ging so, es gab sauviele, denen es schlechter ging. Na ja, wenigstens wars mir egal, was so passierte. Die ganze Scheiße ging mich einfach nichts an, so wie meine Eltern, die sich dauernd nur stritten, oder meine kleine Schwester, die dauernd besoffen rumhurte.
Den Rest des Tages hörte ich Musik und machte ein paar Hausaufgaben, aber nur ausgewählte. Wenn man jeden Tag alle Hausis machen wollte, musste man so zwei bis drei Stunden arbeiten. Ich hatte oft das Gefühl, dass die Lehrer alle dachten, es gäbe nur ihr eigenes Fach oder ihr Scheiß wäre der wichtigste von allem. Jedenfalls musste man einfach abschreiben, wenn man noch ein eigenes Leben neben der Schule haben wollte.
Der Tag plätscherte also so dahin, aber ab und zu kam mir der Gedanke an das letzte Wochenende und an den fucking Punk. Dann fühlte ich mich kurz richtig scheiße, schob aber die Erinnerung von mir weg.
So ging es am Dienstag und Mittwoch weiter. Decker wurde wieder angemacht wegen seiner Cappie und alles war so ganz o. k. In Mathe bekam ich ‘ne Zwei raus, obwohl der Anders sich sicher

darüber ärgerte. Und in ‘ner Abfrage in Geschichte hatte ich sogar ‘ne Eins. Es waren also ganz erfolgreiche Tage und ich redete ein bisschen mit diesem und jenem Mädchen, mit Johanna, die mich am Wochenende gar nicht so schlimm gefunden hatte, und mit Janine, einer Tussi aus der Parallelklasse, die Hofi wegen ihrer riesigen Titten so geil fand. Na ja, ich fand ihre Titten gar nicht so extrem groß, aber das Mädchen war auch so ganz nett.

In der Pause am Mittwoch kam Frau Elling zu uns und fragte, wie es in den anderen Fächern so liefe.

„Na ja, passt schon“, sagte ich. „Hatte grad ‘ne Zwei in Mathe, trotz dem Anders.“

„Wieso trotz ihm?“, fragte Frau Elling.

„Na, der hätte am liebsten, dass ich durchfalle.“

„Denk doch so was nicht, Christian. Herr Anders ist zwar streng, aber er würde keinen Schüler mit Absicht durchfallen lassen“, behauptete Frau Elling.

Na ja, ich wollte nicht mit ihr streiten, und außerdem wusste ich eh, dass Lehrer immer zueinander halten, auch wenn sie sich in echt hassen. Muss so ‘ne Absprache sein, Lehrer-Loyalität gegen die Schüler. Selbst wenn ein Lehrer nur Scheiße baute und saungerecht war, gaben das die anderen nie zu, auch wenn sie es ganz genau wussten.

„Also, du hast keine Probleme mit dem Versetztwerden?“, fragte Frau Elling weiter.

„Nö“, sagte ich „Dieses Jahr nicht. Keine Sorge, ich weiß schon, wies so in der Schule abläuft.“

Aber in echt wusste ich es eigentlich gar nicht. Ich wusste nur, dass man mal gute und mal schlechte Lehrer hatte. Wenn man schlechte hatte, na, dann war es Pech. Dann musste man die Klasse vielleicht noch mal machen, weil die sich einbildeten, genau zu wissen, was gut für einen ist. Und wenn die Lehrer gut waren, also nette Typen, dann war plötzlich alles entspannt und man kam durch das Jahr ohne Probleme.

Ne, ich wusste echt nicht, ob ich am Ende die Schule schaffen würde, welchen Abschluss ich haben würde – und selbst dann hatte ich immer noch keine Ahnung, was ich damit anfangen sollte.

Echt, es gab genug in meinem Leben, was mich ankotzte oder worüber ich nachdenken musste. Da hatte ich echt keinen Bock, auch noch an die Zukunft zu denken. Ich war halt ganz o. k. in Mathe, in Kunst und in Sport, aber was ich damit machen konnte, wusste ich nicht. Außerdem kams, außer in Mathe, immer voll auf den Lehrer an.

Na ja, die meisten Leute wurden eh arbeitslos oder bekamen 'nen scheiß Job, den sie hassten. Der Rest, das waren so Streber und Karriere-Wichser ohne echtes Leben oder so skrupellose Geschäftsleute, die jeden opferten, um Geld zu machen. Na ja, und ein paar Leute hatten wohl auch Glück, aber darauf konnte man echt nicht bauen.

Über die Zukunft nachzudenken, das war echt scheiße, da kam nichts dabei raus. Ich musste schon an die beschissene Vergangenheit denken, an den Punk und das Ganze. Da konzentrierte ich mich lieber auf die Gegenwart, da war wenigstens was los und wir hatten schon ziemlich viel Spaß beim Weggehen und alles. Wenn man nur über so ernste Scheiße nachdenkt, wird man halt gestört und bringt sich um, was anderes bleibt einem nicht. Oder man bringt den Anders um und macht 'nen Amoklauf. Aber das würde ich nie tun, dafür hab ich noch zu viel vor in meinem Leben. Man weiß nämlich nie, was noch so kommt.

10

Am Freitag Abend war ich dann sogar richtig gut drauf, wegen der Zwei in Mathe. Ich kam gleich am Asm an, wo der Berger und der Decker schon auf mich warteten.

„Hab gehört, so 'n Punk hat dich gefotzt?“, begann Berger gleich und versaute mir die Laune, aber nur ein klein wenig. Der konnte das doch nicht grade erst erfahren haben.

„Ja, war so 'n Wichser“, gab ich zu. „Ich war halt total besoffen.“

„Ja, das sind echt Wichser. Na ja, passiert jedem mal. Nächstes Mal fotzen wir dafür einen von denen, ne?“

„Klar“, sagte ich. Dann wandten wir uns den Toren des Kauflands

zu. Sie waren so was wie die Pforten ins Reich des Bieres. Wenn sie sich hinter uns schlossen, dann war die Welt draußen mit ihrer ganzen Scheiße. Und wir soffen dann fröhlich und zerstörten unsere Gesundheit, aber wir hatten dabei unseren Spaß. So war das halt.
Der Hofi hatte ein Lied von Automatikk auf seinem Mp3-Player und wollte unbedingt, dass wir alle es anhörten, weil er es so geil fand. Jedenfalls hatte ich den Kopfhörer in einem Ohr stecken, als wir durch das Kaufland zogen. Ich hatte fast das Gefühl, das Lied wäre von mir, jedenfalls wars genau das, was ich dachte. Es war richtig geil und ich hatte so das Gefühl, dass ich allmählich zu 'nem Automatikk-Fan wurde.

> Heute will ich kiffen und saufen
> Mich mal so richtig besaufen
> Ich missachte heut alle Regeln, weil ich das auch mal brauche
> Wer will uns aufhalten
> Keiner kann uns aufhalten
> Ihr müsst euer Maul halten
> Yeah! Sonst gibts Party-Randale
> Es ist die Party des Jahres
> Weil heute alle am Start sind
> Keine Verräter und Opfer, nur echte Atzen und Kanaken
> Ich nehm die Tüte, rauch die Tüte
> Bau 'ne Tüte, brauch die Blüten
> Du willst mit mir rauchen, Mutterficker, doch ich kenn dich nicht
> Tut mir leid, keine Zeit und kein Interesse
> Wenn du mich weiter volllaberst, kriegst du jetzt gleich eine in die Fresse."

Während ich so die Musik hörte, gingen wir an den Regalen vorbei. Die Werbungen blitzten uns entgegen und wir wählten einige Biere aus. Vor uns liefen zwei kleine Tussis, so vierzehn oder fünfzehn, mit Minirock und total aufgestylt, richtige Schlampen halt.

„Hey, wart mal“, sagte Decker, als er sie sah. „Ist die eine nicht so ‘ne Freundin von deiner Schwester?“
Ich schaute genauer hin und erkannte sie echt. Karin oder so ... Katrin ... keine Ahnung, wie sie hieß.
Jedenfalls hatte sie uns auch erkannt und kam gleich an.
„Ey, ich kenn dich doch, oder?“, quäkte sie mit ihrer Tussenstimme und fraß dabei auf ihrem Kaugummi rum.
„Kann sein“, war meine Antwort, unfreundlich wie eh und je.
„Ey, kannst du uns ‘nen Wodka kaufen?“, ging es weiter. „Wir ham unsere Ausweise vergessen.“
„Na klar“, höhnte Berger. Aber dann nahmen wir den Wodka und das Geld. War doch keine große Sache, wir hatten uns mit fünfzehn auch immer gefreut, wenn uns Leute was gekauft hatten. Jetzt waren wir halt damit dran, mal was Gutes zu tun.
Jedenfalls stellte wir uns gleich in einer Reihe an, zusammen mit anderen Jugendlichen und einer Hand voll alten Omas, die noch am Freitag Abend einkaufen gingen.
Irgendwie musste die Kassiererin neu sein, jedenfalls baute sie nur Scheiße und checkte nicht, wie man ‘ne Kreditkarte abrechnete oder was auch immer. Wir warteten jedenfalls ziemlich lange. Es war echt nervig, aber wir laberten halt über irgend ‘nen Scheiß.
„Wart mal“, sagte Berger plötzlich. „War da nicht diese Werbung, dass wir 2,50 bekommen, wenn wir mehr als fünf Minuten warten? Das waren doch grade mindestens zehn, oder?“
Klar, wir sagten das gleich der Frau an der Kasse, aber die durfte uns nichts geben, sondern wir mussten hochgehen zur Rezeption und uns dort beschweren.
Wir zahlten also erst mal alles und gaben den Tussis von meiner Schwester ihr Wechselgeld zurück. Die wackelten davon, wobei sie sich über so feierliche Scheiße unterhielten, dass ich echt fast reingeschlagen hätte.
„Ey, du Bitch, jetzt muss ich alles tragen oder was?“
„Ey, du Fotze, was willst du?“
„Blah blah blah.“
Nee, solche kleinen Kindertussen waren echt das Letzte, vor allem wenn nur Scheiße aus ihren Mäulern quoll, so wie bei denen. Da

war ich froh, dass wir ihnen den Wodka gekauft hatten, um sie loszuwerden.
Dann erst mal hoch zur Rezeption, auch wenn das echt nervte, alle Flaschen da hinzutragen. Die Tussi dort checkte erst gar nicht, was wir wollten. Dann meinte sie, dazu müsste sie erst mal ihre Chefin holen.
„Scheiße, Mann, sollen wir da jetzt warten?“, fragte Berger.
Aber ich wollte warten, weil 2,50 waren doch echt geil und auch so wars lustig, dass wir das bekommen würden.
Die anderen, die hinter uns gestanden hatte, verpissten sich nach ‘ner Zeit, weil es schon ziemlich lang dauerte, so zehn Minuten, bis die Chefin kam. Irgendwann kam dann doch die Chefin, so ‘ne Tussi, die mindestens vierzig war. Sah echt scheiße aus, die Frau. Jedenfalls war sie voll unfreundlich und kam nur ganz kurz her und sagte irgendwas zu der Frau an der Rezeption. Dann war sie gleich wieder weg.
„Was ist jetzt mit unserm Geld?“, fragte Berger
„Tut mir leid“, sagte die Frau, „aber Jugendlichen dürfen wir das Geld nicht geben.“
„Hä, warum das?“ Man sah Berger an, dass er ziemlich sauer war. Ich aber auch, einfach aus Prinzip.
„Weil es nur wegen euch Jugendlichen so lange gedauert hat“, behauptete die Frau. „Ihr verstopft am Freitag und Samstag Abend alle Kassen und deshalb bekommt ihr auch nichts.“
„Was is ‘n das für ‘ne Scheiße?“, regte sich Berger auf
„Ist eben so“, mehr bekamen wir aus der Tussi nicht raus. Wir mussten uns geschlagen geben und abhauen. War trotzdem scheiße und Berger schrie: „Ihr Wichser!“ in Richtung der Kassen. Da stimmte ich ihm sogar zu: Das war echt asozial, was die im Kaufland so abzogen.
„Die Wichser, ich wette, die verdienen sauviel Geld an den Jugendlichen, trotzdem behandeln sie uns wie Scheiße.“
„Na ja“, meinte Decker, „die Jugendlichen kaufen halt immer nur so zwei, drei Bier, das ist nicht so viel Geld. Ich schätze mal, die vom Kaufland wollen uns gar nicht da haben.“
„So wie die meisten halt“, kommentierte ich.

„Das sind doch einfach nur Wichser“, sagte Decker. Er schrie es eigentlich rum, weil er schon fett sauer war. Am Alk lags vielleicht auch ein bisschen, wir saßen nämlich vor’m Asm rum und hatten die ersten Biere schon geöffnet. „Wichser“, sagte er noch mal. „Wenn die was gegen Säufer tun wollen, warum ist dann ein halbes Stockwerk nur voll Alk? Gleich hinter dem Eingang, dass man es sofort findet und gar nicht erst am Fressen und so vorbeimuss ...“
„Das ist halt für die Erwachsenen, die sich jeden Tag ihre Flasche Wein kaufen. An denen verdienen die immer noch viel mehr als an uns.“
Na ja, trotzdem waren wir sauer. „Irgendwann werf ich mal ‘ne Bombe da rein“, behauptete Decker und Hofi überlegte sich, dass er die ganzen Kassiererinnen verbrennen wollte.
„So eine Scheiße“, sagte Decker. „Die verbrennen wir nicht. Ich glaub, du bist irgendwie nicht ganz ausgelastet, brauchst mal wieder ‘ne Freundin.“
„Halts Maul, du Schwuchtel“, war Hofis einzige Antwort, aber es ärgerte ihn schon. Er war nämlich nicht gerade der größte Mädchenschwarm, obwohl er dauernd an Sex und Titten dachte. Oder vielleicht gerade deshalb, keine Ahnung.
Jedenfalls nahm jeder von uns genüsslich sein Bier zu sich, während das vertraute Gefühl sich langsam breit machte: Tatendrang, Übermut, Fröhlichkeit. Na ja, und der Drang zu labern wie ein Irrer. Das waren so die ersten Zeichen des Suffs, dann wurde man notgeil und peinlich, dann müde oder aggressiv und am Ende war man im Arsch, so dass man sich nicht mehr gescheit konzentrieren konnte und nichts mehr auf die Reihe brachte. Aber so weit kam es gar nicht jedes Mal.
Wir zogen also los und wanderten durch die Stadt. Wir wollten nämlich mal in ‘ne andere Kneipe als das Hinterhaus gehen. Wir checkten mal beim Bogarts vorbei und da standen auch schon zwei von den Tussis von meiner Schwester, mit Minirock und total aufgestylt, aber auch ohne Hirn, halt typische Poppertussis.
„Ey“, quiekte die eine. „Danke für den Wodka, Mann. War echt geil von euch.“

„Ja. Die Chrissi will euch dafür später einen blasen."
Na ja, was soll man da schon antworten. War halt die typische Scheiße, die sie so von sich gaben.
„Ist meine Schwester auch da?", fragte ich.
„Klar. Die haut grad mit so 'nem Typen rum."
Tja, das kam schon mal vor, dass meine Schwester hacke im Bogarts oder im Papa Joes rumsaß und mit so 'nem Spasten rummachte, aber irgendwie störte mich das trotzdem. Ich checkte mal kurz rein und sah meine Schwester auf dem Schoß von so 'nem HipHop-Typen sitzen, so richtig verhurt halt. Ich ging sofort wieder raus, weil das war mir irgendwie zu scheiße und ich hatte keinen Bock, da zuzuschaun.
„Mann, ihr hättet sie von dem fernhalten sollen, das ist doch der letzte Spast", meinte ich.
„Klar, das ist eigentlich der Freund von der Sabi."
„Ist ja noch schlimmer."
„Quiek, quiek, die ist halt 'ne Schlampe, Alter ... blah blah."
„Wie manche anderen auch", dachte ich mir, aber ich sagte nichts. Nee, diese Tussis waren mir einfach zu dumm und ich fühlte mich ziemlich gereizt wegen der ganzen Sache. Ja, so 'ne kleine Schwester kann einem den ganzen Abend versauen, obwohl es mir ja eigentlich echt egal sein konnte, was sie so trieb.
Wir zogen also weiter, obwohl Hofi gerne dageblieben wäre, wegen den Tussis. Aber das konnte er vor uns auch nicht zugeben, weil wir anderen die Freundinnen meiner Schwester so verachteten. Wir setzten uns also erst mal ins Schlupf und tranken jeder zwei Bier, doch ich fühlte mich trotzdem noch aggressiv. Irgendwie kam die ganze Scheiße meines Lebens mit einem Mal wieder hoch, auch das mit den Lehrern und so. Und auch, dass ich keine Freundin hatte und schon saulange mit keiner mehr rumgehaun hatte – und weil so 'ne Schwuchtel meine Schwester abbekommen hatte und ich keine Tussi.
Aber warum ich eigentlich sauer war, konnte ich gar nicht sagen. Vielleicht wegen dem Anders, der Drecksau, oder wegen dem verdammten Punk.
„Diese fucking Zecken", sagte ich. „Die versauen mir den ganzen

Tag.“
Im Schlupf saßen nämlich auch so Punks. Das waren zwar jüngere Typen mit Iro und so, die wie fast alle nur auf Punk machten, weil es manche Mädchen cool fanden. Trotzdem erinnerten sie mich an den Skin von letzten Samstag.
„Ja, die nerven mich auch“, meinte Berger. „Irgendwann fotze ich mal einen von denen so richtig her.“
Damit war der Gedanke ausgesprochen, und so ist das halt im Suff: ‘ne schlechte Idee setzt sich in deinem Hirn fest und du machst es nicht, weil du weißt, es ist ‘ne Scheiße. Aber wenn du besoffen bist, dann machst dus doch, weil dus irgendwo in deinem Inneren doch willst, ob das jetzt randalieren ist oder die Freundin betrügen oder eben jemanden fotzen. Man macht halt im Suff auch nur das, was irgendwo in einem drin ist. Wer ein geiles Leben hat, der randaliert nicht.
Aber die Idee war nun mal da, und obwohl ichs in dem Moment noch nicht wusste, war der Grundstein schon mal gelegt. Und in so Kneipen, also wenn man da rumsitzt mitten in der ganzen Siffe, dann ist man doppelt so besoffen und doppelt so aggro, und am nächsten Tag gehts einem doppelt so schlecht, wie wenn man im Freien gesoffen hat. Und dann kommen einem schon mal solche Gedanken. Das liegt an der lauten Mucke und an dem ganzen Zigarettenrauch und der Dunkelheit. Und, klar, es liegt dann auch am Suff, wenn man anfängt, Scheiße zu bauen.

11

Wenn du ‘nen Typen fotzen willst, dann ist es schlau, dir zwei Sätze zu überlegen. Den einen benützt du, um an ihn ranzukommen. Du sagst irgendwas und gehst dabei auf ihn zu. Gut ist es, wenn du was Aggressives sagst, um dich selber gleich in Stimmung zu bringen. Man braucht nämlich ‘ne bestimmte Stimmung, um einen fotzen zu können, sonst geht das nicht gescheit.
Du sagst also: „Hey, du Wichser, verpiss dich hier“, oder auch:

„Hast du mal 'ne Kippe?" Was, ist eigentlich egal, aber besser ists eben, wenn du dich selber damit auf hundertachtzig treiben kannst. Na ja, und der Typ bleibt stehen, weil du ihn ja ansprichst und er dadurch irgendwie gelähmt ist oder denkt, dass ers noch verhindern kann, dass er irgendwie noch verhandeln kann, bevor es zur Schlägerei kommt.
Na ja, und dann kommts meistens drauf an, wer der Asozialere ist: Wer prügelt als Erster, wer ist der Brutalere, wer ist schneller bereit, zuzuschlagen.
Aber wenn du gegen 'nen normalen Typen bist, dann denkt der immer, er kann noch verhandeln, weil du ja nicht einfach auf ihn zurennst, sondern dabei was sagst, und er checkt nicht, dass der Satz nur 'ne Tarnung ist.
Ja, dann brauchst du noch einen Satz, um zuzuschlagen. Am besten sagst du ihn nur halb. „Hey, willst du..." ZACK! Der Typ wartet sicher, bis du zu Ende geredet hast, und genau wenn er denkt, du sagst noch was, dann rechnet er mit nichts – und dann schlägst du zu und hast die meisten Chancen, ihn gleich umzuboxen.
So ists nämlich: Wenn du nicht grad 'n Boxer oder so was bist, schlägst du keinen k. o., aber die Leute fallen um, von der Wucht des Schlages oder weil sie so überrascht sind. Und dann kannst du reintreten oder draufschlagen, oder du haust ab, wenns dir genügt, ihm eine verpasst zu haben.
Na ja, Berger hatte kein Problem damit, im Suff zuzuschlagen, und ich hasste Punks sowieso. Also gingen wir raus und da war einer von den Zecken. Der stand da so rum und hatte 'ne Flasche in der Hand. Wir hatten Glück, weil er warf sie gleich auf den Boden und zerschmetterte sie und wir hatten 'nen Anlass, um ihn fertigzumachen.
Berger ging also hin mit seinen eineinhalb Sätzen und schlug ihm 'ne Rechte ins Gesicht. Er konnte ja kickboxen und hatte 'ne ganz schöne Kraft. Den Punk warf es erst mal nach hinten und seine Lippe blutete, aber er fiel nicht hin, sondern ging gleich auf Berger los. Der trat ihm voll in den Bauch, so dass der Punk nach vorn klappte. Er richtete sich aber gleich wieder auf.
Dann kam ich und schlug, so hart ich konnte, in sein Gesicht. Jetzt

fiel der Typ endlich nach vorne und ich trat ihm noch mal seitlich in den Bauch. Er blutete an der Lippe und kotzte fast, weil ich so hart reingestiefelt hatte.
Es gab schon so Assos, die dann noch ein paar Mal auf den Kopf traten, am besten von oben nach unten, wie wenn man auf den Boden stampft, weil so ein Fußballkick ist nur mit Stahlkoppen gut. Aber so waren wir nicht drauf, wir wollten ihn ja nicht umbringen. Also rannten wir einfach weg. Wir wussten, dass die Polizei irgendwann erscheinen würde – aber die würden uns eh nicht finden und auch nicht weiter suchen, wenn wir nicht grade draußen rumhängen würden.
Hofi und Decker kamen nach 'ner Zeit auch raus und wir riefen sie auf den Handys an, um zu sagen, wo wir waren.
„Ja, der Punk sieht ziemlich fertig aus. Sein Auge ist voll geschwollen und so. Die reden schon mit so zwei Bullen, wir sind halt so unauffällig an denen vorbeigegangen."
„Klar. Plötzlich sind die Bullen wieder ihre Freunde", kommentierte Berger. „Scheiß Punks, echt, die sind der letzte Abschaum."
Aber in den Schlupf oder ins Hinterhaus trauten wir uns jetzt nicht mehr, sondern wir mussten in irgend 'ne andere Kneipe. Havanna Bar, schlug Hofi vor, aber die war um die Zeit so voll, dass man es eh vergessen konnte. Schließlich kamen wir auf die Idee, zum Kanapee zu gehen. Das war ein bisschen abseits, aber immer noch nahe genug, dass da was los war.
Das Kanapee war so 'ne etwas bessere Kneipe. Im Sommer gabs sogar 'nen kleinen Biergarten. Trotzdem war sie nicht so edel, dass wir uns nichts leisten konnten. Die Preise waren wie im Hinterhaus, es sah auch so ähnlich aus, nur etwas heller und freundlicher halt. Es war eben 'ne typische Studentenkneipe.
Ich sah mir also die ganzen Leute so an und dachte mir bei vielen, dass sie schon ziemlich wie Opfer aussahen. Aber trotzdem waren die meisten gut gelaunt und ich hatte meine Wut auch schon abreagiert und fühlte mich eigentlich ganz o. k. Glücklich besoffen halt. Wir steuerten einen freien Tisch an und ich sah mich so ein bisschen um, wanderte einmal durch die Kneipe, in der Hoffnung, irgendwen zu sehn, den ich kannte.

Und dann, ohne irgendeine Vorwarnung oder so was, stand sie plötzlich vor mir: das Mädchen aus dem Bus. Mit ihren blonden Haaren und den großen Augen, die einen so richtig festhielten, die mir direkt in die Augen sahen. Und mit ihrem süßen kleinen Mund, der sich langsam bewegte und „Hallo" machte.
„Hi", sagte ich nur. Die anderen waren irgendwo, keine Ahnung, wo. Ich fühlte mich richtig wie vom Schlag getroffen. Gerade hatte ich noch in Gewalt geschwelgt, dann war sie da ...
Und ich war richtig gut drauf, fühlte mich so geil wie seit langem nicht mehr. Heute hatte ich keine Angst, sie anzusprechen, es war ja auch Freitag Abend, und wer ausgeht, der will eigentlich angesprochen werden. Selbst die dummen Tussis, die einen so richtig abblitzen lassen, selbst die wollen angesprochen werden, damit sie ihre Show abziehen können. Und alle anderen erst recht.
„Ich bin der Chris", sagte ich schnell. „Wir kennen uns ja aus dem Bus."
„Klar", machte sie, „hab schon gesehen, dass du mich die ganze Zeit angestarrt hast."
„Ich war geblendet von deiner Schönheit", sagte ich frech und eigentlich war es sogar irgendwie richtig.
„Echt?" Sie wirkte ganz gelangweilt, aber es blitzte so ein bisschen in ihren Augen.
„Nee, Mann, ich hab halt nur so geschaut", behauptete ich. „Muss jetzt weiter, die anderen suchen."
„Na ja ... ich bin die Jessi", sagte sie.
Und da kam auch schon Decker. „Hey, du alter Schläger", grinste er und sah dabei Jessi an. „Hi", machte er ganz kurz.
„Das ist die Jessi", sagte ich.
„Ey, woher kennt 'n ihr euch? Dich hab ich noch nie hier gesehen." Decker sah ihr ganz unverblümt auf die Titten, das lag auch am Alk.
Und dann ... na ja, dann kam so eine Stunde, in der wir Geschichten erzählten, von unseren Saufabenteuern. Wir ergänzten uns so richtig gut, einer sagte immer: „Weißt du noch, da und da", dann erzählte der andere und gab die Geschichte weiter. Decker und ich waren das perfekte Team, Hofi und Berger spielten eher so

‘ne Nebenrolle, auch wenn wir die beiden immer wieder lobten, zum Beispiel, wenn wir Berger als unbesiegbaren Superkämpfer darstellten oder Hofis Wohnung anpriesen.
Die Geschichten waren lustig, wir erzählten und steigerten uns immer mehr rein. Jessi lachte sich halb tot und sagte immer wieder, wir wären so witzig.
„Weißt du noch, die Geschichte mit dem Oettinger-Weihnachtszug?“ Blah blah.
„Hey, das erinnert mich daran, als du neulich den Zivilbullen zusammenschlagen wolltest.“ Blah.
„Hey, Jungs, ihr seid echt total lustig!“
So ging das. Die Geschichte, wo wir besoffen in die Baustelle gegangen waren. Als Hofi behauptet hatte, eine Bierflasche würde schneller zu Boden fallen als ein kleiner Stein. Als wir einen Einkaufswagen gestohlen und mit den damals noch billigen Oettingerdosen einen Coca-Cola-Weihnachtszug imitiert hatten. Blah blah. Es gab tausend Geschichten, tausend saulustige Witze. Und wir blühten auf.
Na ja, ich redete auch immer mal wieder mit der Jessi und wir verstanden uns echt super. Es war halt so, dass sie mich richtig witzig fand und auch ein bisschen bewunderte, und sie kannte fast niemanden in der Stadt, nur so ‘n paar langweilige Opfer.
Jessi erzählte mir, dass sie neu hergezogen war, mit ihren Eltern, deshalb hatte ich sie vorher nie im Bus gesehen.
„Früher hab ich in Bayreuth gewohnt. Da ist aber noch weniger los als hier, kann ich dir sagen.“ Dabei machte sie ein genervtes Gesicht und verdrehte die Augen.
„Na, jetzt kennste uns, da geht immer ‘ne Party“, sagte Decker großspurig.
Also, ich redete weiter mit Jessi und jetzt stellte ich ihr ein paar Fragen und hörte ihr zu. Na ja, das war so halb ‘ne Masche, aber halb interessierte es mich auch echt, weil sie hatte irgend so was an sich, das mich total verzauberte.
Wir redeten echt mindestens eine Stunde, dann kamen plötzlich so zwei Mädels an, ziemlich langweilig mit Pullundern und ganz braven Frisuren. Die waren aus Jessis neuer Klasse.

„Kommst du?“, fragten sie „Wir gehen jetzt zur Eva. Oder willst du bei denen bleiben?“ Damit meinten sie uns und die Frage war lauernd gestellt. Die waren ein bisschen auf Zickenkrieg aus. Vielleicht waren sie sauer, dass wir mit Jessi redeten und nicht mit ihnen oder dass Jessi mit ihnen ausging und dann den ganzen Abend mit uns rumhing.
„Hey, ich muss jetzt gehen“, sagte Jessi und sah mich wieder mit dem genervten Gesicht an.
„Ich hab eigentlich keinen Bock auf die!“, sagte das Gesicht.
„Hey, wenn du willst, können wir morgen was machen“, schlug ich vor. „Ich kann dir ‘ne SMS schreiben oder so.“
„Klar.“ Jessi war sofort bereit und diktierte mir ihre Handy-Nummer, die sie natürlich auswendig wusste. Ich ließ bei ihr gleich anklingeln, um zu testen, ob die Nummer richtig war und damit sie auch meine hatte.
Die Mädels verschwanden und Hofi murmelte irgendwas, dass die Jessi echt geil wäre.
„Na, mein Typ ist sie nicht“, sagte Decker. „Aber ich glaub, die steht auf dich, Chris.“
„Vielleicht.“ Ich hörte gar nicht so richtig, was sie über Jessi sonst noch so erzählten, ich war mit meinen eigenen Gedanken beschäftigt.
Dieses Mädchen hatte mir echt gut gefallen heute. Ich fühlte mich irgendwie richtig gut, obwohl ich in den letzten Stunden gar nichts getrunken hatte. Das Reden hatte mich abgelenkt. Jedenfalls war ich in bester Sauflaune.
„Hopp, jetzt bestellen wir ‘nen Pitcher zusammen“, schlug ich vor. Das war ein Riesenkrug Bier, so um die zwei Liter, aber viel billiger als vier einzelne Biere. Man bekam auch gleich ein paar Biergläser dazu und sparte sich so einiges an Kohle.
Aber lang, das nahm ich mir vor, würde ich nicht mehr saufen. Ich hatte morgen nämlich noch was vor und da musste ich früh heim, um ausgeschlafen zu sein.

12

Ich wachte zwischen neun und zwölf ein paarmal hintereinander auf. Erst nach Mittag war ich fit genug, um aufzustehen. Trotzdem war in meinem Mund ein widerlicher Geschmack nach Bier und Siffe. Es ging mir aber besser als so manches andere Mal. Aber wenn ich daran dachte, wie wenig ich getrunken hatte, dann gings mir dafür ziemlich schlecht. Ich überlegte, wie viele Biere ich gesoffen hatte, aber irgendwie kam ich immer auf 'ne eher kleine Zahl. So war das meistens: Man vergisst, wie viel man wirklich getrunken hat.

Ich schleppte mich erst mal zum Bad, putzte die Zähne und sah in den Spiegel. Ich dachte, Scheiße, denn mein Bauch sah irgendwie so gebläht aus, ein Bierbauch halt, und er war mal wieder gewachsen.

Später dusche ich, dachte ich mir, dann zieh ich mir was Gescheites an. Aber jetzt nicht. Erst mal fernsehen und fressen.

Ich zwang mich, Wasser zu trinken, obwohl es sich in meinem Mund und meinem Magen widerlich anfühlte. Trotzdem half es ein wenig, mir ging es schon etwas besser.

Es lief eben genau wie immer, wie die meisten Samstage, und ich wartete vor dem Fernseher, bis es spät genug wurde, um auszugehen.

Es kam nur Scheiße im TV, irgendwelche Shows und so, aber das war genau das Richtige, auf eine Handlung oder so was hätte ich mich eh nicht konzentrieren können. Stattdessen dachte ich über den Abend gestern nach.

Der Fernseher flimmerte so vor sich hin, aber eigentlich gingen die Bilder direkt in meinen Kopf, ohne dass ich checkte, was genau geschah. Trotzdem verging die Zeit so, mehr war auch nicht zu machen. Ich starrte vor mich hin, während das unangenehme Gefühl, gestern Scheiße gebaut zu haben, immer stärker wurde. War das echt 'ne gute Idee gewesen, den Punk zu fotzen? Oder würde ich ihm irgendwann mal wieder begegnen und er würde sich an mich erinnern? Vielleicht, wenn ich allein war oder zu besoffen, um mich zu wehren?

Während der Fernseher also lief und seine Scheiße in mich reinspuckte, hing ich allerlei traurigen Gedanken nach und die ganze Welt schien immer elendiger zu werden. So war das samstags meistens, da sah die Welt total beschissen aus und die Wände wollten mich erdrücken.
Na ja, wenigstens war es nicht Sonntag, das bedeutete, ich konnte mich heut Abend mit meinen Freunden treffen und die ganzen scheiß Sorgen vergessen.
Jedenfalls telefonierte ich mit Decker und wir machten aus, dass wir uns um halb acht am Asm treffen würden. Wir wollten heut ins Omega gehen, einen Jugendclub, der etwas abseits gelegen war. Da konnte man draußen rumhängen oder rein und tanzen, es war ziemlich lustig. Die meisten dort waren so von den Alternativen, aber Punks gabs kaum und wir würden nicht so krass auffallen.
Noch besser wurde der Tag, als ich Jessi 'ne SMS schrieb: „Können uns ja heute im Omega treffen. Chris."
Sie schrieb gleich zurück: „Komme so gegen zehn Uhr hin. Freu mich schon. hdl. Jessi."
Ich schrieb: „Na, dann bis heut Abend. Cu."
Von da an fühlte ich mich gleich besser. Es würde noch viel passieren, hatte ich das Gefühl. Vielleicht könnte es ein toller Tag werden, ein ganz besonderer Tag, der mein Leben verändern würde. Oder zumindest für die nächste Zeit stark beeinflussen.
Etwas später kam noch 'ne SMS von Berger: „Treffen heute Manu vor'm McDonalds um acht."
Das war auch o. k., auch wenn ich keinen Bock hatte, da rumzuhängen. Vor'm McDonalds, das war so 'ne Sache für sich. Wenn du da warst, dann musstest du den Kopf echt unten halten, außer es waren richtig viele Freunde dabei. Irgendwann kams dann und hinter dir schrie einer: „Ich fick deine Mutter, Alter!"
Dann wusstest du schon, was abging. Dann gabs da nämlich 'ne Schlägerei und du konntest froh sein, dass du selber nicht drin verwickelt warst. Na, es war nicht gefährlich, solang man immer schön still war. Aber wenn die Typen einen blöd anlaberten, musste man halt einfach weggehen und seinen Hass runterschlucken, weil die kamen gleich zu viert auf einen und fotzten

ihn, bis die Bullen kamen. Das dauerte da aber zum Glück nur 'n paar Minuten, weil immer 'ne Streife in der Nähe war.
Jedenfalls gings dort noch ganz anders zu als vor'm Asm. Ungefähr so wie an den Tagen, wenn die Punks da waren, nur dass es vor'm McDonalds eigentlich jeden Tag so war. Obwohl, in letzter Zeit wars da auch friedlicher geworden, hatte ich so das Gefühl. Trotzdem war der Platz am Samstag Morgen meistens 'ne Wüste, weil die Typen so abgehaust hatten.
Die McDonalds-Typen, das waren so Gangstas, viel, viel krasser als wir. Die waren zum Teil echt abgestürzt und wussten, dass sie nicht mal 'nen Quali machen würden. Da konnten sie eh tun und lassen, was sie wollten, und voll auf Gangsta machen. Wenigstens waren sie dann ein paar Jahre die Kings.
Jedenfalls konnten wirs mit denen nicht aufnehmen, die waren viel zu hart drauf, obwohl sie auch nicht mehr Alk oder Hasch verbrauchten als wir. Und noch krasser als die Gangsta-Typen waren die Punks, ich meine, die richtigen Punks. Die waren alle dreißig oder so. Mit ihren Springern und Bomberjacken sahen sie aus wie Nazis und waren voll auf H und solche Drogen. Das war meistens das Zeug, das einen irgendwie runterzog und so. Sachen wie Crystal, wo man danach auf Partys geht, waren bei denen nicht so beliebt. Aber schlägern konnten sie trotzdem, egal, wie viel Drogen sie genommen hatten.
Na ja, und selbst die wurden fertiggemacht von den Bullen, aber auch von den Russen, die so krass waren, dass Leute wie ich mit denen eigentlich gar nichts zu tun hatten. Jedenfalls war klar, wenn einer so 'nen Ostakzent hatte, dann hatte man auch ein bisschen Schiss vor ihm, genauso wie bei den Türken halt.
Ich hatte bei den Gangsta-Typen so ein bisschen Einblick, weil der Michael, das war so ein Kumpel von mir in der Grundschule gewesen. Aber in der Vierten war seine Mutter gestorben und er hatte dann keinen Bock mehr auf Lernen gehabt. Jedenfalls musste er dann auf die Hauptschule und war da sofort zum Gangsta geworden.
Der Mike lief also so rum und fotzte ab und zu Typen, weil sie vom Gymnasium waren, aber eigentlich war er selber ziemlich schlau,

weil manchmal trafen wir uns im Bus und laberten so ein bisschen rum über alle mögliche Scheiße. Aber er war halt ‘n Gangsta und so, da konnten wir echt nichts zusammen machen, nur mal kurz reden. Aber die Geschichten, die der Mike so erzählte, waren schon ganz schön assig zum Teil.
Ich fuhr also in die Stadt, wieder mal, nachdem ich mich aufgestylt hatte und alles. Ich freute mich schon richtig auf den Abend, vor allem darauf, Jessi wiederzutreffen.
Vor’m Asm liefs wie immer, Berger, Decker und Hofi kamen, Decker hatte seine Cappie mal wieder auf.
„Was geht?“
„Ich würd sagen, wir kaufen erst mal so zwei, drei Biere jeder zum Vorglühen, dann ins Omega.“
„Dem Manu solln wir auch zwei Biere mitbringen.“
„O. k.“, sagte ich. „Aber ich sauf heut nicht so viel. Zwei Biere reichen mir“
„Willst wohl noch ‘ne Tussi abschleppen oder was?“
Gesagt, getan. Wir gingen sofort in den Asm, Hofi nahm sich drei Biere, wir anderen je zwei. Berger schnappte sich noch zwei mehr für den Manu. Das würde reichen, bis wir beim Omega waren.
Aber die große Enttäuschung kam gleich. Die Kassiererin schielte mich nur so spastisch an und sagte dann: „Ausweise bitte.“
Das war scheiße. Im Asm durften Leute unter achtzehn nämlich nur zwei Biere kaufen. Keine Ahnung, ob das ein Gesetz war oder ob die das mal wieder erfunden hatten, um uns zu schikanieren, die Wichser vom Kaufland. Ich war eh noch voll sauer auf die, wegen der Aktion mit dem Geld zurück.
Also musste ich meinen Ausweis zeigen. Die beiden Typen hinter uns drehten gleich um. Die waren wahrscheinlich erst fünfzehn und gingen jetzt auf die Suche nach ‘nem Typen, der ihnen was kaufte. Das war echt peinlich, aber wir wollten dem Manu ja sein Zeug mitbringen und er war der Einzige von uns, der achtzehn war. Also mussten wir uns auch ein paar ältere Typen suchen.
Das ging dann aber ganz schnell. Der Decker erkannte nämlich so zwei, die in seiner Nähe wohnten. Mit dem einen hatte er mal Fußball gespielt, der hieß Klaus oder so was, ein ziemlich be-

schissener Name.
Jedenfalls gingen wir gleich zu dem Klaus hin und er kaufte uns klar noch drei Biere, eines für den Hofi und zwei für den Manu. Mehr brauchten wir ja nicht und wir grinsten die Kassiererin dumm an, weil sie genau checkte, dass der Klaus das Zeug für uns kaufte. Aber sie konnte nichts machen außer ihn auch nach dem Ausweis fragen.
Trotzdem war der Berger wieder ein bisschen angepisst, weil wir jetzt wegen dem Asm voll die Zeit verloren hatten. Außerdem hasste er die Typen sowieso seit Freitag.
„Irgendwann randalieren wir hier mal oder schlagen irgendwas kaputt", meinte er.
„Klar ... Aber das machen die Punks ja sowieso immer, wenn sie da sind."
Das war auch wieder richtig. Wahrscheinlich hatten die vom Kaufland auch nicht viel zu lachen – oder wer immer das war, der Samstag und Sonntag früh die Scherben wegkehren durfte.
Vor'm Asm waren auch wirklich wieder so Punks und wir liefen ganz unauffällig vorbei. Ich hatte nämlich inzwischen immer etwas Schiss, wieder von so einem was auf die Fresse zu bekommen. Obwohl: Grade war ich ja noch nüchtern, da würde ich mich auf jeden Fall besser wehren können.
Vor'm McDonalds machten wir wieder einen auf unauffällig, weil die ganzen Gangster da rumlungerten. Die waren zwar jünger als die Punks, aber halt alle so sechzehn bis achtzehn, also unser Alter. Zum Glück hatten die meistens unter sich zu tun und wir waren denen völlig egal.
Der Manu stand alleine irgendwo in der Ecke. Er war einen halben Kopf größer als alle anderen. Ja, der Manu hätte den perfekten Schläger abgegeben, wenn er von seiner Art her mehr wie der Berger gewesen wäre.
Jedenfalls war der Manu ziemlich angepisst, dass wir ihm nur zwei Biere mitgebracht hatten.
„Wir gehen doch eh ins Omega, du Spast!", sagte ich, aber der Manu war trotzdem sauer.
Das war halt so 'ne Sache mit dem Manu. Der gab sich nie mit ein

paar Bierchen zufrieden. Er schüttete das Zeug nur so in sich rein, am liebsten gleich das erste auf Ex. Irgendwie konnte mans schon verstehen, der Manu wohnte nämlich weiter weg und musste immer schon um zwölf heimfahren, weil danach kein Bus mehr kam. Logisch, dass er sich dann keine Zeit lassen konnte: Wir andern hatten bis fünf Uhr Zeit, unseren Suff zu kriegen und alles Mögliche zu erleben. Der Manu hatte nur bis zwölf Zeit, also musste alles schneller gehn. Das ist schon seltsam, dass die Leute, die früher heim müssen, auch mehr saufen. Wie in England, da machen alle Läden um zwölf dicht – und die Engländer sind bekanntlich die schlimmsten Säufer, außer natürlich die Leute aus dem Osten.

Wir gingen alle zusammen zum Omega, was ein relativ weiter Weg war. Manu schoss sich seine beiden Biere blitzschnell durch die Kehle und stampfte dann fluchend vor sich hin. Mein zweites Bier war auch schon fast weg, als wir ankamen, also tranken wir schnell aus und gingen rein.

Zwei Euro Eintritt, das war besser als manche anderen Jugendclubs. Das einzige Nervige war, dass ab und zu Züge an einem vorbeidonnerten und man sich dann nicht mehr unterhalten konnte.

Neben dem Omega war ‘ne Skatebordbahn, wo so Typen den ganzen Tag lang übten. Skateboard, das war krass, da musste man wirklich jahrelang jeden Tag üben, damit man was Gescheites zustande brachte. Aber die Skater machten das auch und manche konnte die genialsten Tricks. Ich war allerdings viel zu faul, um so was zu lernen.

Wir gingen erst mal rein, kauften jeder ein Bier und sahen den Skatern zu, redeten über irgendein Zeug und soffen. Als das Bier zu Ende war, saßen wir noch so ein bisschen da und ich sah immer mal wieder auf mein Handy, um zu sehen, wie viel Uhr es war.

Um zehn ging ich noch mal rein und kaufte noch ein Bier. Als ich zurückkam, war Jessi schon da und redete mit den anderen. Als ich dazukam, umarmte sich mich gleich und küsste mich links und rechts auf den Mundwinkel. Sie hatte echt sauweiche Lippen und ich fühlte mich gleich ein bisschen notgeil, was natürlich auch am

Alk lag.
„Hi, und wie gehts so?“, fragte sie.
„Na ja, wir lassens heut halt etwas langsamer angehen.“
„Ja ... Gestern wart ihr auch ganz schön besoffen, alle, oder?“
„Ja, schon ... Oh Mann, da haben wir zum Teil echt Scheiße gelabert ... aber lustig wars schon.“
So in der Art ging die Unterhaltung und eigentlich gabs nichts zu besprechen. Deshalb fragte Jessi mich auch nach ‘ner kurzen Zeit, ob wir nicht tanzen gehen würden. Also, normalerweise machte ich das auch nicht, aber jetzt ging ich mit, nicht wegen der Musik oder so, sondern wegen dem Mädchen halt.
Wir tanzten so zwei, drei Lieder und die Musik war so laut, dass man sich eh nicht unterhalten konnte. Nur ab und zu beugte ich mich vor und rief ihr etwas ins Ohr, oder sie schrie mir was zu in der Art von:
„Das Lied ist saugeil! Da müssen wir richtig abgehen!“
Der DJ spielte vor allem so Indie-Musik und er brachte sogar einen Song von Mefisto, der Band aus Erlangen, von denen der Decker Fan war.

> „Die Seelen abgestumpft, doch dazu viel zu sensibel
> Geht das Leben weiter auf der Flucht vor dem Tod
> Das Unglück von Jahrhunderten ist zur Gewohnheit geworden
> Und verzweifelt versuchst du dich zu wehren
> Über hundert Mal haben sie dich immer wieder ermordet
> Und du versuchst immer noch aufzubegehren.“

Ich kannte sogar ein bisschen von dem Text, weil das Lied war das geilste von ihnen, Endzeit oder so ähnlich, hieß es. Jedenfalls sagte ich das gleich der Jessi und die war echt beeindruckt. Sie stand nämlich auf dieses ganze Indie-Zeug und auf Rock.
Wir tanzten also. Nach drei Liedern setzten wir uns mal kurz hin, aber ich wusste gar nicht genau, was ich so sagen sollte. Aber da kamen schon lauter Leute vorbei, die ich vom Saufen her kannte, und alle sagten Hallo zu mir, so dass ich gar keine Zeit für Jessi hatte. Aber es machte trotzdem Eindruck auf sie, dass ich so viele

Leute kannte, und ich redete immer ab und zu kurz mit ihr und machte irgendwelche Witze.
Johanna kam auch mal kurz vorbei und sah Jessi ziemlich böse an, und mir kams so vor, als wäre ich der geilste Typ und alle wären eifersüchtig auf Jessi. Und sie dachte wahrscheinlich so was Ähnliches, weil sie schnappte mich gleich und fing wieder an zu tanzen.
Inzwischen hatte ich nichts mehr getrunken, aber die Jessi trank immer mal wieder. Ein Bier zahlte ich für sie und sie hatte auch ein paar Schluck von meinem Bier genommen. Jedenfalls wurde sie langsam richtig ausgelassen, und als wir mal zusammen rausgingen, hielten wir schon Händchen. Ich wusste in dem Moment gar nicht mehr, wie das so zustande gekommen war, aber natürlich ließ ich nicht los.
„Mist, ich muss heut um halb zwölf schon heim", erzählte Jessi mir.
„Ja, ich wollte heut auch nicht so lang bleiben", sagte ich.
„Echt?", fragte sie und dann küssten wir uns plötzlich.
Sie kam einen Schritt auf mich zu und beugte sich ganz leicht vor. Ich konnte es gar nicht richtig sehen, aber ich spürte es irgendwie, weil mein Herz plötzlich viel stärker schlug und in meinem Bauch so ein seltsames Ziehen war. Das war die Notgeilheit, aber diesmal kams nicht vom Suff, sondern weil Jessi echt hübsch und toll war. Also beugte ich mich zu ihr und legte die Arme um sie, und sie schloss die Augen und ließ sich küssen.
Jessi küsste wie ein Genie, also saugeil. Ihre Lippen waren total weich und sie saugte nicht so rum wie 'ne Besoffene, sondern war einfach nur toll. Außerdem hatte ich nur drei Biere getrunken, was mich zwar schon irgendwie beeinflusste, aber nicht so stark, dass ich nichts mehr spüren konnte. Ich fühlte ganz genau, wie sie sich an mich drückte und alles, was sie so machte.
Klar, ich hatte schon einige Mädchen geküsst in meinem Leben, vor allem Katrin halt. Aber Jessi war die absolut beste Küsserin aller Zeiten. Es war ein richtig krasses Gefühl, auch gar nicht so wild und notgeil, sondern richtig zärtlich eben.
Wir gingen wieder rein und hielten Händchen. Mein Grinsen

musste total dumm ausgesehen haben, denn Decker checkte sofort, was abging, und grinste zurück. Jessi und ich tanzten jetzt noch ein bisschen, so richtig eng umschlungen, und sie sah mit zusammengekniffenen Augen zu Johanna rüber, der das echt nicht zu gefallen schien, warum auch immer.
Vielleicht stand die Johanna ja auch auf mich, obwohl sie sich dann echt ganz schön ungeschickt anstellte. Aber vielleicht war sie auch einfach nur neidisch, dass Jessi einen Typen abbekommen hatte. Wer weiß schon, was Mädchen so denken? Vielleicht gings ihnen da so wie mir. Ich bin nämlich immer wenigstens ein Prozent neidisch, wenn irgendwer mit irgendeiner was hat, so lange sie nicht völlig scheiße aussieht.
Um zehn nach elf gingen wir zusammen los. Im Bus lehnte Jessi ihren Kopf gegen meine Schulter und ich legte den Arm um sie. War ein tolles Gefühl.
Der Bus war voll mit Typen, die ich noch nie gesehen hatte, so fünfzehnjährige Spastis, die sauhacke waren. Einer kotzte fast neben uns und wir setzten und gleich um.
Irgendwann begannen wir uns wieder zu küssen und ich fühlte so ein richtiges Schauern in meinem ganzen Körper. Wir hatten ja eigentlich fast noch nichts mit einander geredet, deshalb wunderte es mich echt, dass sie schon mit mir rummachen wollte – aber ich freute mich trotzdem. War doch geil, ich hoffte sogar ein bisschen, dass sie mit zu mir fahren würde.
Aber das machte sie dann leider doch nicht. Sie gab mir einen letzten Kuss und sagte dann:
„Ich muss jetzt gleich aussteigen."
Ich nickte. „Klar."
„Ich kann dir ja mal schreiben ...", meinte sie nur noch. Dann küssten wir uns noch einmal und sie stieg aus.
Ich sah ihr nach und fühlte mich voll seltsam, irgendwie total friedlich und so. Der Abend war echt der tollste seit langer Zeit gewesen und ein Gefühl des Triumphes überkam mich. Aber es war mehr als nur das Gefühl, ein Mädchen rumgekriegt zu haben. Jessi war irgendwie was Besonderes und ich fragte mich, ob ich vielleicht verliebt war.

13

Am Sonntag wachte ich um halb zehn auf, weil ich früh ins Bett gegangen war und fast nichts getrunken hatte. Ich fühlte mich total fit und super, trotzdem auch irgendwie unruhig. Ich fragte mich, ob Jessi schreiben würde, und musste mich selber dazu zwingen, sie nicht anzurufen. Ich wollte ja nicht wie jemand wirken, der ihr hinterherlief.
Zum ersten Mal seit Monaten stand ich zur gleichen Zeit wie meine Eltern auf und wir machten zusammen Frühstück. Danach ging ich erst mal fernsehen, aber ich konnte mich gar nicht dabei entspannen, vielleicht, weil ich nicht müde war und wirklich checkte, was für 'ne Scheiße da grade lief.
Also wanderte ich irgendwie im Haus rum, spielte ein bisschen Computer und begann, mich total zu langweilen. Außerdem fühlte ich mich unruhig und schlecht, weil Jessi sich nicht meldete und ich dauernd an sie denken musste. Es war ein scheiß Gefühl, so alleine in seinem Haus gefangen zu sein.
Klar, meine Eltern waren da, aber mit denen konnte ich jetzt nicht so viel anfangen, jedenfalls sicher nicht, um über Mädchen zu reden und so. Ich versuchte, Decker zu erreichen, aber niemand ging ans Telefon.
Ein Blick auf die Uhr und ich wusste Bescheid: halb eins, da schlief der Decker sicher noch oder war grade erst aufgestanden. Also was sollte ich machen?
Ich lief ein bisschen im Garten auf und ab, duschte mich und sah wieder fern, aber das Programm war so ein brechender Dreck, dass ich nach zehn Minuten gleich wieder aufhören musste.
„Du hast die Karin neulich getroffen, gell?", fragte meine Schwester irgendwann.
„Hä?" Ich wusste erst nicht, was sie meinte. Dann fiels mir ein. „Ja klar, vor'm Druckhaus und so. Hab dich auch gesehen aber du warst ... beschäftigt."
Meine Schwester grinste. „Ach so ... jaaa ... Das war mal so ein Ausrutscher."
Ich lachte nur, aber es war jetzt auch egal. Sie erzählte mir, dass

der Tobi, der Bruder von 'ner Freundin von ihr, gefotzt worden war. Kurz dachte ich: „Hey, das waren vielleicht wir", aber das konnte nicht sein, weil der Tobi sicher kein Punk war. Nee, von dem, was ich so trieb, bekam meine Schwester eher wenig mit, vielleicht ein bisschen mehr als meine Eltern.
Jedenfalls war es inzwischen kurz nach eins und ich langweilte mich zu Tode. Mittagessen war eine kleine Ablenkung, aber der Tag zog sich endlos hin und ich war total unruhig und so.
Um zwei rief ich noch mal Decker an.
„Was gibts?"
„Hey, Decker, hast du Bock, was zu machen, so am Nachmittag?"
„Was denn?"
„Keine Ahnung ... wir können uns ja erst mal in der Stadt treffen und so ..."
„Nee, sorry ... ich bin voll versifft, muss erst mal noch ein bisschen ausruhen und fernsehen und so." Er zögerte kurz. „Und, wie liefs gestern noch mit der Tussi?"
„War saugeil ... Sie hat gemeint, sie meldet sich heute mal ..."
„O. k."
Decker hatte einfach keinen Bock, was zu machen, und ich verstand es schon. Wenn man am Tag vorher so gesoffen hat, dann ist man immer voll faul und hängt lieber den ganzen Tag vor'm Fernseher rum. Aber ich war ausgeschlafen und es gab nichts, was ich machen konnte.
Ich wartete irgendwann nur noch darauf, dass der Tag rumging. Jessi meldete sich nicht mehr, das hatte ich schon gecheckt und ich hatte das Gefühl, es irgendwie versaut zu haben. Das machte mir echt was aus, obwohl ich nicht verstand, warum. Ich musste dauernd an den Kuss denken und an ihre großen Augen. Vielleicht war ich ja verknallt oder so was.
Jedenfalls wurde mir nach und nach eine Sache klar: Wenn man am Samstag nicht säuft, dann ist der Sonntag viel zu lang und wird zur Qual. Sonntags kann man nämlich nichts machen und sich nicht mal auf den Abend freuen. Im Sommer gehts ja noch, da kann man ins Schwimmbad und so weiter. Aber im Winter, da waren die Sonntage für den Arsch und es war besser, den ganzen

Tag rumzusiffen.
Am Abend fragte ich Decker noch mal, ob er vielleicht ins Kino gehen wollte, weil es mir so scheiße ging wegen Jessi. Aber er hatte kein Geld.
„Gehen wir halt am Dienstag“, meinte er, weil an dem Tag war Kino immer billiger. Am Wochenende konnte sich das eh keine Sau leisten.
Ich sagte: „O. k., ich ruf noch ‘n paar Leute an, ob sie mitwollen.“
Berger und Hofi hatten natürlich keinen Bock, aber ich rief auch noch andere aus unserer Klasse an und am Ende war es fest ausgemacht. Trotzdem, über den Sonntag halfs mir nicht hinweg. Ich wartete einfach in meinem Zimmer und war ganz alleine, obwohl meine ganze Familie im selben Haus war.
Scheiß Sonntag, dachte ich mir, den kannst du echt vergessen. Und am Montag würde wieder die fucking Schule anfangen und ich würde den Anders und all die anderen Wichser wieder sehen. Mann, an dem Abend hätte ich echt heulen können. Aber ich tats natürlich nicht. Ich hatte schon seit der sechsten Klasse nicht mehr geheult. Ich fühlte mich eh meistens nur noch leer und müde, wenns mir scheiße ging, aber nicht richtig traurig.
Und Jessi meldete sich immer noch nicht, aber das war irgendwann auch nur noch egal. Ich hörte mir lieber Aggro Berlin und Bushido an in meinem Zimmer, und kurze Zeit konnte ich sie vergessen. Mehr kann man eben nicht machen, als die Scheiße einfach zu vergessen.

14

Am Dienstag war Kinotag und Decker und ich gingen zusammen hin, um uns irgend ‘nen neuen Film reinzuziehen. Es kamen noch so zwei Leute aus unserer Klasse mit, der Hannes und der Michael, aber die sagten den ganzen Abend fast nichts und fraßen Popcorn. Jedenfalls sahen wir uns irgendwas an, war auch egal. Die Gewalt war ganz lustig, aber insgesamt war der Film nicht grade das Geilste, was ich so kannte. Decker stand mehr auf Sachen wie

From Dusk Till Dawn, wo es einfach 25 Minuten Handlung gab (die man wegspulen konnte) und eine Stunde Gemetzel. Aber Quentin Tarantino fanden wir beide scheiße, auch wenn viele sagten, dass seine Filme geil wären. Da war doch null Prozent Spannung, nur so Scheiße und ab und zu mal eine geile Splatter-Szene wie in Kill Bill 1. Dann schon lieber lustige Gewalt wie in Sin City oder Horrorfilme wie Saw.

Ich mochte Horror nicht so gerne, aber Splatter um so lieber, außerdem natürlich Martial Arts. Der geilste Film war Ong Bak, so 'ne Billigproduktion aus Thailand, wo man richtig sehen konnte, dass sich die Schauspieler echt fotzten, wenn sie kämpften.

Na ja, das waren so die Sachen, die wir uns gerne mal ansahen, Splatter und Action halt, aber der Film im Kino entsprach einfach nicht unserem Niveau. Die ganze Zeit war fast nichts los, nur so dumme Handlung, auf die man auch scheißen konnte. Fast keine Gewaltszenen. Ich fragte mich, warum der Film ab sechzehn war. Wie sollte man da noch wissen, welcher Film es richtig krachen ließ?

Klar, unser aller Lieblingsfilm enthielt kaum Action, dafür aber ganz andere Qualitäten. „Der Dude", sagen wir bloß, aber wir meinten natürlich „The Big Lebowski", den genialsten Film aller Zeiten. Jeder wusste, was Sache war, wenn Hofi sagte: „O. k., o. k., Plan B!"

Manche Filme kannten wir fast auswendig, zum Beispiel eben Big Lebowski oder auch Terminator 2, wo es nur 'ne Handvoll Sätze gab. „Ich will deine Kleider, deine Stiefel und dein Motorrad." – „Du hast vergessen, bitte zu sagen."

Aber ins Kino ging man nicht nur wegen dem Film, sondern auch um zusammen was zu machen und sich danach noch darüber zu unterhalten. Deshalb hingen Decker und ich nach dem Kino erst mal ein bisschen rum und verstanden es echt nicht, dass Hannes und Michael sich gleich verpissten.

Es war ja inzwischen schon dunkel, aber man sah trotzdem noch alles, wegen den ganzen Lichtern vom Kino, den Straßenlaternen, irgendwelchen Werbungen und so weiter. Irgendwie fand ichs schon lustig, diese Straße vor dem Kino. Das war so 'ne

Fußgängerzone, wo normale Autos nicht fahren durften und wo die ganzen Geschäfte standen. Die ging ewig lang geradeaus. Man konnte da am Tag fast das andere Ende der Stadt sehen. Weiter hinten wurde es dann ‘ne richtige Straße mit Verkehr und so. Da kam man an lauter schönen Parks und so ‘nem Zeug vorbei, alles ganz sauber. Klar, da fuhren die ganzen Bosse von Siemens und Co. vorbei, da musste es hübsch aussehen.
Und in die andere Richtung, da war’n dic Kneipen und der Asm, wo man jetzt nicht mehr im Freien saufen durfte. Na ja, Samstag Nacht fährt ja eh kein reicher Typ durch die Innenstadt. Sonst hätte er nämlich mal was anderes als so schwule Parks gesehn. Dann hätte er gesehn, was seine Kinder abends so treiben. Wahrscheinlich würde so ‘n fetter Bonze das nicht überleben, der würde gleich verrecken an Herzinfarkt oder so. Oder er würde sich einreden, dass wir alle so abgestürzte Kriminelle sind und keine ganz normalen Schüler.
Jedenfalls wars irgendwie lustig, diese Straße anzuschaun, die einfach nur geradeaus durch die ganze Stadt ging. Aber nach ‘ner Zeit wars dann doch eher langweilig und wir setzten uns auf eine der Bänke und laberten über den Film und alle möglichen anderen Sachen.
„Hast du eigentlich noch was von der Tussi von Samstag gehört?“, fragte Decker.
„Nee ...“
„Mann, die war echt heiß.“
„Ja, stimmt“, gab ich zu. „Ich check das auch nicht, warum die sich nicht meldet. Ist echt irgendwie scheiße ...“
„Hey, wart mal“, sagte Decker plötzlich. „Was ist ‘n mit dem?“
Vor uns lief so ‘n Typ, vielleicht dreißig Jahre alt, eher klein und hager. Er wirkte ganz normal, also nicht wie ein Penner oder so was, aber er wanderte voll ziellos umher und setzte sich plötzlich einfach auf den Boden.
Decker ging zu ihm. „Alles klar bei Ihnen?“, fragte er.
Der Typ schielte voll an ihm vorbei. Inzwischen war klar, dass er total hacke war. Er brabbelte irgendwas vor sich hin, was keiner von uns verstand.

„Wie bitte?“, fragte Decker noch mal, richtig höflich und so.
Der Typ laberte irgendwas vor sich hin. Keiner verstand, was er wollte. Scheiße, dachten wir uns da, war der etwa so besoffen, dass er nicht mal mehr reden konnte? Decker und ich sahen uns hilflos an. So hacke zu sein, dass man gar nichts mehr auf die Reihe bekam, das war schon krass, selbst für ‘nen Jugendlichen, aber bei ‘nem Erwachsenen war es irgendwie noch härter.
Der Typ holte sein Handy raus und wählte irgend ‘ne Nummer. Er schrie irgendein Wort rein, aber wieder konnte es keiner von uns verstehen.
Plötzlich drückte er Decker das Handy in die Hand. Der nahm es und hielt es sich ans Ohr.
„Was?“, sagte er. „Wir sind vor’m Cine Star ...“
„Hä?“ Noch mal Decker. „Ich versteh nichts ... sorry ... CINE STAR.“ Das letzte Wort sagte er ganz langsam. Dann gab es dem Mann das Handy zurück.
„Das waren so Russen oder was auch immer, hab kein Wort verstanden.“
Klar, deshalb checkten wir auch nicht, was der Typ laberte. Er war nicht so besoffen, sondern konnte halt kein Deutsch. Trotzdem ganz schön dumm, sich so zuzusaufen, wenn man ganz alleine ist und nicht mal die Leute um sich rum versteht.
Der Besoffene wählte wieder ‘ne Nummer und laberte irgendwas ins Telefon. Plötzlich schleuderte er es auf den Boden, wo es gleich zerplatzte, so richtig krass.
„Das ist jetzt im Arsch!“, murmelte Decker. Trotzdem halfen wir dem Mann, die Einzelteile aufzusammeln. Er kramte gleich wieder in seinen Taschen und holte ‘nen Geldbeutel raus, der ihm sofort wieder runterfiel. Ein Paar Münzen verteilten sich auf den Boden. Wir legten Handy und Geldbeutel neben ihn.
„Hey, passen Sie auf, dass Sie die Sachen nicht verlieren“, riet ihm Decker. Der Typ winselte irgendwas vor sich hin. Plötzlich legte er den Arm um mich und drückte mir ‘nen Kuss gegen die Stirne. Ich dachte mir: Scheiße, igitt, Mann, und rückte ein bisschen von ihm weg. Aber der Mann war schon wieder mit irgend ‘ner Scheiße beschäftigt.

„Mann, der ist so was von hacke.“ Decker gefiel es irgendwie, dem Typen zu helfen. „Wir müssen den irgendwo hinbringen ...“
„Klar ... nur wohin? Vielleicht sollten wir uns lieber verpissen.“
In dem Moment kam ein Auto angefahren und hielt genau neben dem Platz vor dem Kino. Zwei Typen stiegen aus, der eine war etwas kleiner als ich, der andere ein echter Riese, so in der Größe vom Manu, aber mit richtig viel Muskeln. Beide trugen fette Jacken mit Kapuze.
„Was ist los?“, fragte der eine mit starkem Akzent.
„Der Typ hier ist total besoffen“, sagte Decker. „Wir wollten ihm schon helfen.“
Die beiden kamen gleich her und setzten sich zu dem Besoffenen. Der Kleinere fing an, mit ihm auf Russisch zu reden, und schlug ihm zweimal mit der flachen Hand ins Gesicht, dass es klatschte.
„Idiot!“, sagte der Größere. Dann sah er uns an. „Mann, der hat uns nur angerufen und Gefahr geschrieen. Ihr habt echt Glück, dass wir kamen, wir können Deutsch, ja? Die anderen wären erst mal gekommen und hätten jeden hier runtergemacht, ohne was zu fragen.“
„Krass“, meinte Decker. „Da hatten wir noch mal Glück.“
„Ja, klar. Ihr hattet Glück, dass ihr ihm geholfen habt, Mann.“
Ich spürte gleich: Die Typen waren richtig gefährlich, ‘ne ganz andere Liga als die Punks und die Typen vor’m McDonalds. Das waren richtige Gangstas, die einen voll fertigmachten, wenn man mit ihnen Streit anfing. Aber wir hatten nichts gemacht und sie waren irgendwie saufreundlich zu uns.
Trotzdem, ich hatte fetten Schiss, dass ich irgendwas Falsches sagen und dann eins auf die Fresse bekommen könnte. Deshalb hielt ich mich eher zurück, während Decker mit ihnen redete.
Der Kleinere von beiden sagte uns, sein Name wäre Dimitri. Die beiden waren Russen, aber sie erzählten uns gleich, dass sie Russland nicht so toll fanden.
„In Russland mussten wir uns dauernd schlagen“, erzählte Dimitri. „Weil unsre Eltern waren Wolgadeutsche und für die Russen waren wir die deutschen Nazis, Mann. Deshalb sind wir nach Deutschland gekommen.“

Irgendwie wars fast lustig: Bei uns waren die beiden Russen, und zwar so richtige, typische Russen, wie man sie sich vorstellt. Und in Russland waren sie deutsche Nazis. Geile Vorstellung, dachte ich mir.
Decker redete mit denen noch weiter über irgendwelche Sachen.
„Was sagt ihr denn zu den ganzen Gangsta-Typen und so?“, fragte er. „Die führen sich ja schon ganz schön auf.“
„Die haben alle Angst vor uns“, sagte Dimitri und zeigte uns gleich mal seinen Schlagring und sein Schnappmesser. Die hatte er mitgenommen, weil er dachte, dass hier irgendwer Stress machen würde.
Tja, ich fühlte mich langsam echt nicht mehr besonders wohl.
Die Russen saßen also so rum und erzählten von ihrem Leben, dass ihre Eltern am Anfang deutsche Namen angenommen hatten, als sie hergezogen waren.
„Aber dann haben wir sie wieder geändert“, meinte Dimitri, „weil die meisten Deutschen hassen Russen, und es stimmt schon, Deutschland ist echt scheiße.“
Na ja, ich hielt mich jedenfalls zurück und hatte nur noch Schiss. Aber Decker verstand sich super mit den beiden. Irgendwann fingen sie an, Plakate vorzulesen, die da so rumhingen. Ich checkte nicht ganz, warum, vielleicht waren sie stolz, dass sie auf Deutsch lesen konnten? Nee, so ‘n Quatsch, Bandnamen sind ja in jeder Sprache gleich.
Wir blieben noch so eine Stunde. Am Ende nahmen die Russen ihren Freund mit, schlugen ihm aber noch zweimal ins Gesicht, weil er „Gefahr!“ geschrieen hatte und weil er so besoffen war.
Dimitri gab Decker noch seine Handy-Nummer: „Wir können mal ins Kino gehn“, sagte er, „oder wenn du willst, dass einer sterben muss, sag Bescheid.“
Decker und ich liefen zum Bus, aber er löschte die Nummer gleich wieder.
„Die waren echt freundlich“, meinte er. „Aber wenn wir sie irgendwie provoziert hätten, dann wären wir im Arsch gewesen.“
„Ja, stimmt schon. Warum löschst du jetzt die Nummer?“
„Ey, ich will mit diesen Leuten lieber nichts machen. Die sind so

krass, ich wette, da wirst du in irgend ‘ne Scheiße reingezogen, wenn du mit denen was machst. Irgendwas passiert da auf jeden Fall, da hab ich keinen Bock darauf. Die sind einfach ‘n anderes Niveau als so ‘n paar Popper vor’m McDonalds ...“
Irgendwie hatte er wahrscheinlich recht. Mit solchen Leuten konnten wir einfach nichts machen, dafür waren wir zu sozial und auch zu feige. Aber krass wars schon gewesen.

15

Die restliche Woche war relativ scheiße. Die Melanie, ‘ne Freundin von der Johanna, kam einmal zu mir und wollte Hausaufgaben abschreiben, aber ich hatte selber keine und wir suchten zusammen jemanden, der uns helfen konnte. Das war ganz lustig, weil ich laberte so ein bisschen Scheiße, dass wir auf ‘ner geheimen Mission wären und so, und die Melanie lachte ziemlich viel. Das ist so, wenn Mädchen lachen, haben sie ‘ne echte Macht. Sie können einem voll viel Selbstvertrauen geben und plötzlich wird man total lustig und einem fallen tausend Sprüche ein, auf die man sonst nie kommen würde. Das Mädchen muss halt nur auf die richtige Art lachen und einen bewundern und so.
Am Donnerstag kam mein Cousin Thomas vorbei. Ich freute mich schon ziemlich, ihn zu sehen. Das letzte Mal hatte ich ihn so vor einem Jahr gesehen. Da war er grade neunzehn geworden und machte seine Lehre. Die hatte er grade noch einem Hauptschüler weggeschnappt, weil mein Cousin Mittlere Reife hatte.
„Bleibt Thomas übers Wochenende?“, fragte ich meine Mutter. Das letzte Mal waren wir zusammen in die Stadt gegangen und rumgezogen.
„Ich weiß nicht“, sagte sie. „Chris, ich glaube, Thomas muss sich zur Zeit sehr viel um seinen Job kümmern, da kann er sicher nicht das ganze Wochenende mit euch weggehen.“
Ich zuckte nur mit den Schultern. Das würden wir ja sehen. Mein Cousin war nämlich cool und ganz anders als meine Eltern oder so. Er war halt ein Jugendlicher wie wir und kein Erwachsener.

Jedenfalls kam ich sogar mit, um Thomas abzuholen. Er stand am Bahnhof mit ‘nem Rucksack und ‘ner ziemlich erwachsen aussehenden Jacke. Wir fuhren gleich wieder heim und auf der Fahrt redete Thomas hauptsächlich mit meiner Mutter.
Irgendwie sah er ziemlich müde aus. Die Arbeit wäre ziemlich hart, erzählte er, und sein Chef hackte wohl die ganze Zeit auf ihm rum. Irgendwie musste es ziemlich scheiße sein. Aber trotzdem war er froh, den Job zu haben.
Ich hörte nicht so richtig zu, weil meine Mutter fragte eh nur so Scheiße, wie es ihrer Schwester ging und so, das interessierte mich eh nicht. Ich wusste schon, dass ich mit Thomas was machen würde, später, oder vielleicht konnte er am Freitag sogar mal mitkommen. Immerhin waren wir früher auch ab und zu saufen gegangen.
Klar, zu Hause fragte ich Thomas erst mal, ob er Bock hätte, am Freitag was zu machen.
„Wir können weggehen und so“, meinte ich. „Ich zeig dir mal meine ganzen Freunde und wir können es so richtig krachen lassen.“
„Nee, du“, murmelte Thomas. „Sorry, aber ich muss am Samstag arbeiten, da kann ich nicht weggehen.“
„Echt? Scheiße, Mann, wieso lässt du dir auch am Samstag was aufhalsen?“
„Ging nicht anders.“ Thomas lächelte. „Weißt du, irgendwann ist es mal aus mit der Sauferei. Man muss auch mal schauen, dass man irgendwas Anständiges auf die Reihe bekommt, weißt du? ‘ne richtige Arbeit, um Geld zu verdienen. Und da hab ich nichts zu lachen.“
„Na ja, wahrscheinlich besser als Schule“, gab ich mich geschlagen. Man konnte halt nichts machen.
Aber Thomas lachte nur leise. „Ich wär gern wieder in der Schule, weißt du?“, sagte er. „Ich meine, klar, die Lehrer sind manchmal echt unfair und so, aber man hat seine Freunde um sich, den halben Tag frei, und man kann sich die Arbeit irgendwie doch einteilen, mal ‘ne Zeit lang nicht lernen und so. Hey, ich sag dir, bei uns geht es anders zu.“

„Ist die Arbeit wohl scheiße?“, fragte ich.
„Ja, klar.“ Er zuckte mit den Schultern. „Obwohl ... es passt schon. Aber es ist halt saulangweilig und die meisten Typen dort sind dreißig oder älter. Also ausgehen und die ganze Zeit feiern ist da nicht drin, höchstens mal in die Kneipe, Stammtisch bis elf. Dann ist man schon zu müde, wir müssen immerhin jeden Tag um halb sechs aufstehen, weil die Arbeit fängt schon um halb sieben an.“
„Scheiße, Alter.“ Ich dachte, mein Cousin hatte echt Pech. Er war immer einer der coolsten Typen gewesen, schon fleißiger als ich zum Beispiel, aber locker drauf und für jeden Spaß zu haben. Jetzt sah er echt irgendwie müde aus, voll fertig. Irgendwas war mit seinen Augen anders, sie leuchteten gar nicht mehr wie früher.
„Mann, du hast aufgegeben“, behauptete ich. „Wieso lässt du dir so ‘nen scheiß Job andrehen? Du hast doch Mittlere Reife.“
„Ich kann froh sein, wenn ich was finde. Besser als die Typen von der Hauptschule, die kriegen gar nichts mehr. Mann, Chris, heutzutage muss jeder sehen, dass er irgendwie unterkommt.“
Shit! Die Geschichte klang schon richtig assig in meinen Ohren. Ich meine, man hörte dauernd von Arbeitslosigkeit und so, und wir alle wussten, dass wir uns den Job später mal nicht unbedingt aussuchen konnten. Aber das war trotzdem Scheiße zu sehen, wie mein Cousin voll kaputt ging, obwohl er ja eigentlich ‘ne Arbeit hatte. Aber eben ‘ne beschissene.
Tja, der Gedanke an Thomas nagte irgendwie an mir und machte mich echt fertig, aber ich versuchte, nicht daran zu denken und auch nicht daran, was mal später aus mir werden würde. Ich konnte eh nichts dafür machen, nur mein Leben jetzt genießen, damit ich wenigstens meine Jugend nicht bereute oder so ‘nen Scheiß. Ich fragte mich manchmal, wie die das früher gemacht hatten. Also, meine Eltern hatten mir schon mal erzählt, wie sie als Studenten demonstriert hatten und so, und jeder war in ‘ner Bewegung gewesen und gegen den Staat und so. Keine Ahnung, vielleicht waren die irgendwie besser gewesen als wir heute, oder es gab mehr Jobs. Heutzutage, schätzte ich mal, würde so was in der Akte stehen, wenn man auf ner Demo verhaftet wurde – und dann ists aus mit Job, dann kann man sehen, wo man bleibt, wenn

man eh um seinen Job kämpfen muss und dann noch irgend 'nen Dreck am Stecken hat.
Na ja, ich konzentrierte mich da doch lieber auf meine Sachen, so auf die Schule und aufs Weggehen. Ich hatte echt genug Probleme, ohne an die Zukunft zu denken: den Anders, die Jessi und alle mögliche Scheiße in meinem Leben, die mich von der Schule und so ablenkte. Meinen Cousin jedenfalls konnte ich voll vergessen.
Der Freitag war mal wieder so ein richtig beschissener Tag, das Ende einer versauten Woche, in der ich mal wieder echt nichts auf die Reihe gebracht hatte. Der Krieg wurde immer schlimmer, ich meine natürlich, der Krieg gegen die Lehrer, die nichts anderes im Sinn hatten, als mich fertigzumachen, und denen echt keine Aktion zu assig war.
Jedenfalls gings mir scheiße, auch deshalb, weil die Jessi sich gar nicht mehr gemeldet hatte. Also, Montag und Dienstag war ich deshalb echt fertig gewesen, aber ab Mittwoch war ich einfach nur noch sauer auf die ganze Welt. Trotzdem hatte ich so ein bisschen das Gefühl, dass die Jessi vielleicht doch irgendwann noch mal anrufen würde.
Freitag erste Stunde kam ich eine Minute zu spät. Ich ging ins Klassenzimmer und wurde gleich mal angeschissen. Die Schlacht hatte begonnen, und mein Todfeind war der Anders. Ich stellte mir vor, dass ich mit meiner Double Eagle auf ihn schießen würde, oder noch besser mit 'ner Kalaschnikow, und dass es ihn in Stücke fetzen würde.
Jedenfalls war der Tag so scheiße, dass ich sogar die Frau Elling dumm anmachte, obwohl die eigentlich unsere Verbündete war. Das war echt komisch, weil als ich sie so provozierte, da dachte ich mir eigentlich: „Warum mach ich das grade?“, aber ich konnte trotzdem nicht anders. Das war halt der Hass, den manche in mir gepflanzt hatten und der jetzt immer weiter wuchs. Das würde wahrscheinlich so lange weitergehen, bis ich nur noch aus Hass bestand. Eigentlich war es ja schon jetzt fast so.
Das einzig Coole war, dass Sarah aus unsere Klasse 'ne Party feierte, wo wir natürlich eingeladen waren. Decker und ich waren ziemlich beliebt in der Klasse, selbst bei denen, mit denen wir

eigentlich nicht so viel machten, deshalb war unsere Clique meistens dabei, wenn was in unserem Jahrgang los war.
Johanna und Melanie kamen auch gleich zu uns und erzählten, sie würden auch kommen, aber irgendwie konnte ich mich darüber gar nicht freuen. Ich dachte eigentlich nur daran, dass ich gerne in die Stadt gehen würde, um vielleicht Jessi zu treffen. Aber Sarah wohnte gar nicht weit weg von der Innenstadt und ich nahm mir gleich mal vor, während des Abends ein bisschen auf Wanderschaft zu gehen.
Jedenfalls nahmen wir uns vor, um neun Uhr zu der Party zu gehen und um sieben in der Stadt schon mal vorzuglühen. Leider hatten wir an dem Tag echt Pech. Die kontrollierten schon wieder im Asm Ausweise und wir konnten nur je zwei Biere kaufen.
Also gingen wir doch schon um halb acht zur Sarah, wo uns ein Paradies aus Wodka, Tequila und Whiskey erwartete. Die Eltern von Sarah hatten sogar 'ne Cocktailbar, wo ihr Bruder, so 'n Spasti mit Malle-Cappie, irgendwas zusammenmixte.
Sonst waren noch nicht so viele da, die Sarah halt und eine Freundin von ihr, zwei Typen, die ich nicht kannte, und der Hannes und die Sabine aus unserer Klasse. Sabine war mit dem Auto da und hatte den Hannes mitgebracht, das war mehr so ein schüchterner, lieber Typ, der aber trotzdem gerne mal sein Bierchen soff.
Wir saßen also so rum und tranken jeder einen Cocktail und der Spasti dachte gleich, wir wären seine Freunde, obwohl wir sauunfreundlich zu ihm waren. Aber so richtig beleidigen wollte ich ihn auch nicht, da hatte ich ein schlechtes Gewissen, weil er mir doch irgendwie leid tat.
Die Party schritt in riesigen Sprüngen voran, die meisten Leute aus der Klasse erschienen und stürzten sich gleich auf den Alk. Irgendwer brachte 'ne Gitarre und fing an zu spielen, und etliche Leute sangen mit.
Wir besetzten gleich ein Sofaeck, wo wir mit Hannes zusammen rumsaßen und die anderen beobachteten. Der Gitarren-Typ saß in 'nem zweiten Kreis gleich neben uns und sang seine Schwuchtel-Lieder:

„Weißt du noch, wies letzten Sommer war?
Die Liebe war so neu und wunderbar
Wir warn die ganze Zeit zusammen
Und sind am Baggersee geschwommen
Nach einem Jahr war es vorbei
Wir können nicht zurück in diese Zeit

Letzter Sommer war so schön
Letzten Sommer warst du hier
Kann es je wieder geschehn
Es war 'ne tolle Zeit mit dir."

Und so weiter. Na ja, das war echt nicht meine Musik, irgendwie zu gay. Aber der Suff entwickelte sich dafür recht gut und ich dachte gar nicht mehr an Jessi.
Der Gitarrist hörte erst mal auf und der Spasti, also der Bruder von der Sarah, kam zu uns rübergewandert.
„Alter, hast du schon mal von Slammer gehört?", fragte der Typ. „Ist so 'n Saufspiel, das ham uns so Slowenen beigebracht."
„Hä, und was passiert da so?"
„Ja, da nimmst du so Wodka und Limo, eins zu eins mischen, in so 'n Glas und hältst es erst mal zu, schlägst das Glas auf 'n Tisch und säufst es auf Ex, weil die Kohlensäure schießt dir dann so in den Hals rein."
„Kling sauasozial", kommentierte Berger.
„Ja, klar." Der Spasti war ganz aufgeregt, weil er sein scheiß Saufspiel erzählen konnte. „Es gibt auch noch Slammer Hammer, da haste 'nen Fahrradhelm auf, und wenn du den Wodka geext hast, schlägt dir einer mit 'm Baseballschläger auf 'n Kopf. Natürlich nicht volle Kraft."
„Mann, halt die Fresse, du Spast, das ist doch 'n scheiß Spiel." Berger fühlte sich anscheinend etwas genervt, aber der Typ verschwand auch gleich wieder. Keine Ahnung, was der von uns gewollt hatte.
Na ja, aber wir hatten auch 'ne andere Mission: den Hannes in die Sauf-Gesellschaft einführen sozusagen, also ihn mal so richtig

abzufüllen.
„Alter, wir spielen jetzt ‘n Saufspiel“, beschloss ich deshalb. „Harry Hirsch.“
Die anderen waren sofort dabei, nur der Hannes zickte so ein bisschen rum, weil er hatte keine Ahnung, was das so war.
Na ja, das Spiel war so, dass man eigentlich immer saufen musste. Man musste lauter Wörter mit dem gleichen Anfangsbuchstaben sagen und es durfte nicht zweimal das Gleiche gesagt werden. Zum Beispiel: „Harry Hirsch, Harry Handtuch, Harry Hässlich, Harr Hose ...“ – „Sauf rein, du Wichser!“, schrieen dann alle, weil ich hatte nämlich Harry falsch gesagt, wahrscheinlich wegen dem Suff.
Dann musste man halt ‘nen Schluck nehmen, bei uns wars Jim Beam, ‘ne ganze Flasche, die rumging, bis sie leer war oder wir ‘n anderes Wort wählten.
Klar, nach ‘n paar Runden war der Hannes völlig hacke und musste deshalb erst recht saufen. Und ich war auch sofort ziemlich krass drauf. Aber nicht so krass, dass ich nichts mehr mitbekam.

16

Nach ‘ner Weile kamen die Johanna und die Melanie angelaufen. Die Mela war schon sauhacke, so richtig krass, und setzte sich auf meinen Schoß, aber mit dem Gesicht zu mir.
„Ey, kommst du einen mit rauchen?“, fragte sie und lachte blöd rum.
Irgendwie hatte ich auch wieder keinen Bock auf so ‘ne völlig besoffene Tussi. Das ist halt so ‘ne Sache, dass ich Frauen, die hacke sind, eigentlich saupeinlich finde. Na ja, aber trotzdem ging ich dann mit raus. Wir waren zu fünft und Johanna baute gleich ‘nen fetten Dübel mit ziemlich viel Hasch drinnen.
Das machte schon immer wieder Spaß, das Zeug anzünden, abbröckeln und dann drei Papers zusammenkleben, um ‘nen Dübel zu bauen. Wir stellten uns gleich auf und Johanna nahm drei, vier tiefe Züge. Danach kam Berger dran, der gleich gierig reinzog.

„Saug nicht alles weg, du Drecksau“, meinte ich.
„Slow slow“, beruhigte mich Berger. „Machen wir ‘ne türkische Runde?“
Klar, da waren wir dabei. Türkische Runde, das bedeutete bei uns: einen Zug machen, weitergeben und die Luft anhalten, bis der Dübel wieder bei dir ist. Da war man sofort total irre drauf.
Klar, nach ‘n paar Minuten lag ich schon im Gras und sah mir die Sterne ganz genau an, und Melanie fragte mich, ob sie mir ‘nen Shortie geben sollte, aber da hatte ich grad keinen Bock drauf.
„Hey, das zieht voll rein“, behauptete sie, aber dann ließ sies auch sein. Wahrscheinlich war sie selber viel zu fertig, um noch was zu machen.
Ich war so was von drauf, das passierte mir eigentlich meistens, auch wenn ich keine so krassen Filme schob wie Hofi. Der wand und wälzte sich manchmal die ganze Zeit am Boden und lachte vor sich hin.
Trotzdem, ich hatte so meine drei Phasen, den Lachfilm, den Laberfilm und den Fressfilm. Also, zuerst lachte ich mal ab und das ging ‘ne ganz schön lange Zeit. Johanna lag auch irgendwo, und immer wenn ich aufhörte zu lachen, fing sie an zu kichern und so gings weiter, bis das Ganze ein bisschen nachließ.
Na ja, wir lagen dann so da. Ab und zu kicherte Johanna doch mal kurz los, das klang wie so ‘n Fragen: „Wolln wir noch mal ablachen?“, aber dann hörte sie immer wieder auf. Ich fühlte mich voll erschöpft und leer und trieb irgendwie so dahin. Um mich drehte sich alles, aber der Suff war nicht mehr so stark wie vorher.
Ich lag also so da und philosophierte plötzlich vor mich hin, das hieß, ich laberte feierlichste Scheiße, so richtigen Durchfall, der aus meinem Maul rausqoll. Aber keiner checkte es und Melanie fands sogar total toll und bewunderte mich die ganze Zeit.
„Fuck, ich brauch was zu fressen“, stellte Berger fest.
„Ich auch!“, rief es von allen Seiten.
„Trotzdem ... Scheiße, ich kann mich grad echt nicht bewegen.“
Ich spähte so um mich und sah Christina, so ‘n Mädchen aus unserer Klasse.
„Ey, Chrissie, hol uns mal was zu fressen“, rief ich. Sie tippte sich

nur an die Stirne und ging weiter.
„Mann, komm schon, wir können uns grad alle nicht bewegen", bettelte ich. „Echt, wir vergessen dir das dann nie!"
„Also gut, was wollt ihr denn?", seufzte sie.
„Egal", meinte Johanna.
„Chips ... und wenn noch was von der Pizza da ist, brings auch raus", befahl ich.
„Und zwei Bier." Das war Berger, der schon wieder reinsaufen wollte.
Ich wunderte mich schon, als Christina es wirklich brachte, und geilerweise legte sie das Fressen genau neben mich und ich sah ihr (fast) aus Versehen genau in den Ausschnitt rein.
„Ja, die Chrissie sieht auch irgendwie geil aus", meinte Berger. Ich sagte erst mal nichts.
„Echt? Die ist doch voll scheiße", behauptete Melanie. „Die ist eh voll die Schlampe, total falsch, die macht immer so auf nett und so, aber verarscht nur alle und nutzt sie voll aus."
Mir kams zwar nicht so vor, aber das war mir auch egal. Die Chrissie interessierte mich null Prozent und Mädchen wussten so 'n Zeug eh meistens besser.
Wir droschen erst mal so richtig rein wie Mähmaschinen, also wir kauten kaum, sondern schlangen alles rein, dass die Fetzen flogen. Die Mädels kreischten ein bisschen und sagten, wir wären echt Schweine, aber sie fandens eigentlich lustig, vielleicht weil sie selber so hacke waren.
Nach 'ner Weile begannen wir wieder damit, Biere zu saufen, und nach und nach fühlte ich mich auch wieder fit. Wir liefen also so im Garten rum. Der war nicht besonders groß, wir fanden gleich den Hannes, der hatte zweimal gekotzt und sich dann genau dazwischen hingelegt, um zu schlafen. Na ja, wenn er sich einmal rumwälzte, würde er sofort in der Kotze liegen.
Ich stieß ihn ein bisschen an, um ihn aufzuwecken, und Melanie sagte gleich, ich müsste aufpassen, dass ich nicht irgendwo reintrat. Na ja, nach zwei Versuchen ließ ichs bleiben.
„Ist ja echt eklig", behauptete ich. Obwohl, in echt hatte ich auch schon oft so rumgelegen.

„Ja, klar“, sagte Melanie. Aber irgendwie wusste ich plötzlich, was sie eigentlich meinte. Alles war mir ganz klar und ich küsste sie erst mal.
O. k., ich wusste schon, dass es bei ihr wahrscheinlich am Suff lag. Bei mir jedenfalls wars so, aber in dem Moment wars ein Triumph. Sie küsste ziemlich scheiße, sperrte nur ihr Maul auf und prügelte mir ihre Zunge voll in den Rachen, weil sie so hacke war. Wahrscheinlich sabberten wir sogar ein bisschen, aber ich fasste ihr auch gleich unter die Bluse und griff ein bisschen an den Titten rum. War halt, wie gesagt, sauhacke und sie auch.
Jedenfalls wars echt nicht so toll, aber das war mir egal, denn ich fühlte mich ziemlich stolz. Zwei Tussis an zwei Tagen, die Abende, wo ich zu Hause gewesen war, konnte man ja nicht zählen.
Nach ‘ner Zeit hörten wir auf rumzuhauen und gingen wieder rein, aber wir laberten dabei irgend ‘ne Scheiße und kicherten voll rum, ich war jedenfalls total gut gelaunt.
Berger und Decker sahen gleich, was los war, und nahmen mich sofort bei Seite, um mich zu beleidigen. „Ey, du machst doch inzwischen echt mit jeder rum, die du kriegen kannst“, sagte Decker.
„Neidisch?“, fragte ich.
„So ‘ne Scheiße, Mann, die ist total hacke, die hätte jeder haben können“, regte sich Decker auf. „Aber ich würd die doch gar nicht wollen.“
In echt war er aber doch nur sauer, dass er mal wieder kein Mädchen kennen gelernt hatte und ich schon. Deshalb machte mir das Ganze auch nichts aus.
„Komm, Mann, wir ziehen ein bisschen rum“, schlug ich ihm vor, denn ich fühlte mich nur noch geil und wusste, jetzt würde ich voll viel Spaß haben mit meinen Kumpels. Mit der Melanie wollte ich eigentlich nichts mehr machen, weil sie mir doch zu schlecht geküsst hatte und mir echt nicht gefiel. So ein bisschen schämte ich mich schon, aber das wurde vom Suff überdeckt.
Johanna sah mich so ein bisschen seltsam an, als ich mit Berger und Decker vorbeiging, aber Melanie bemerkte mich anscheinend

gar nicht. Jedenfalls redete sie voll laut mit Johanna und irgend 'ner anderen Tussi und sah nicht mal in meine Richtung.
Wir dagegen zogen los, ein wahrer Triumphzug. Wir sangen Sauflieder und jeder hatte ein Bier dabei. Berger sogar zwei, aber von einem nahm er nur einen Schluck, bevor er es auf den Boden schmetterte.
Wir wanderten bis zur Innenstadt, was so fünfzehn Minuten dauerte, und setzten uns dort in 'nen Kreis. Wir hatten nämlich beschlossen, heut nicht mehr zu randalieren, sondern friedlich zu saufen und Leute anzusprechen, die vorbeikamen. Ich war inzwischen schon richtig hacke, so dass ich nicht mehr ganz genau mitbekam, was geschah.
Nach 'ner Zeit bekam ich 'ne SMS von der Johanna, ob wir schon gegangen wären und ob ich die Melanie gesehen hätte. War mir egal, aber ich schrieb ihr irgendwas zurück, obwohl ich im Vollsuff die Tasten nicht mehr richtig treffen konnte.
„Sind auf wands ch aft. Können später zurück. Melanie orch gesehen."
Also wir saßen da und zwei Studenten redeten kurz mit uns, zogen dann aber weiter, weil Berger sang: „Du Bumbelsau, ich fick dei Mutter!"
Das war ihnen dann doch zu viel, schätze ich mal.
Wir saßen höchstens so zehn Minuten da und dachten auch schon daran, wieder zurückzugehen, als plötzlich zwei Bullen auftauchten, ein Mann und 'ne Frau. Die Scheiße war bloß, dass wir grad dabei waren, die Biere zu trinken. Na ja, wir hatten die halt nicht gesehen, aber das war echt scheiße. Seit kurzem gabs nämlich so 'ne Verordnung, dass man in der Öffentlichkeit nicht trinken durfte. Hielt sich natürlich niemand dran, alle wussten, die Bullen kamen um acht zum Asm und das Einzige, was die Verordnung bewirkte, war, dass jetzt die Leute nicht um halb acht, sondern meistens schon um sieben oder halb sieben anfingen zu saufen, damit sie ihre Biere fertig hatten, wenn die Bullen kamen. Na ja, und einige Typen lungerten halt jetzt woanders rum, wo die Streifenwagen nicht so gut hinkamen oder keiner sie finden konnte, aber keine Sau hörte deshalb auf zu saufen oder so was.

Wir waren schon mal erwischt worden und noch mal mit heiler Haut davongekommen, weil wir uns gerade so rausgeredet hatten, aber diesmal wurden wir so richtig gefickt. Die Bullen waren eh schon ganz schön gestresst, wahrscheinlich hatte es schon zehnmal Randale und Schlägereien gegeben an dem Abend oder es waren einfach Arschlochbullen, jedenfalls kannten sie keine Gnade mit uns.

Wir mussten alle unsere Ausweise zeigen und sie notierten unsere Adressen. Vierzig Euro Strafe gab es für Saufen auf der Straße. Ich wusste echt nicht, wer die Idioten waren, die Bullen oder die von der Stadt, weil so ‘n Gesetz war echt das Letzte. Ich meine: Das einzig Gesunde am Abfeiern war vielleicht noch die frische Luft, und jetzt durften wir nicht mal mehr rausgehen? Na, wenigstens konnten sich die Kneipenbesitzer freuen.

Jedenfalls war die Angelegenheit für mich scheiße, weil ich wusste, dass es Ärger geben würde. Aber für Berger war es viel schlimmer, der hatte nämlich sauwenig Geld und seine Eltern zahlten ihm so was nicht, sondern würden ihn wahrscheinlich voll zur Sau machen deshalb.

Klar, dass Berger sauer war, und weil wir alle schon verdammt hacke waren, wurde die Wut noch größer. Sie vermischte sich, glaub ich, an dem Abend mit dem Hass, der eh schon vorher in uns war. Jedenfalls begannen wir rumzuschreien:

„Scheiß Bullen.“

„Wichserbullen. Verreckt, ihr Abschaum.“

Und so weiter, natürlich erst, als der Streifenwagen schon weit weg war. Wir beleidigten auch die Stadt und den Bürgermeister und zwei Mädchen, die weiter weg an uns vorbeiliefen:

„Scheiß Huren!“, schrie Berger und wir liefen weiter.

Wir sahen ein Fahrrad und Berger kickte es um und trat ein paarmal drauf, bis es ziemlich beschädigt aussah. Dann wanderten wir weiter, auf Randale aus wegen den Bullen und wegen dem Bier und weil die Welt scheiße war.

Wir liefen also zurück und ich sah einen Mercedes irgendwo parken, und weil die Stimmung grade so war, riss ich den Stern ab und wir rannten weg. So ging es weiter und wir wanderten zur

Party, eine Schneise der Zerstörung durch die Stadt schlagend.
„Ich schneide eine Schneise durch die Scheiße", sang Berger, das waren die Fanta Vier oder so. Keine Ahnung, ich kannte das Lied gar nicht wirklich.
Die Party hatte sich inzwischen etwas weiterentwickelt. Viele Leute waren gegangen und Hannes schlief irgendwo in 'nem Bett. Sarah wirkte ziemlich geschafft, das Haus war voll im Arsch. Zwei Typen hatten mit Stühlen gegeneinander gekämpft und sie dabei zerschmettert.
„Hey, Leute, was habt ihr mit dem Hannes gemacht? Der hat alles vollgekotzt", fragte Sarah.
„Wir? Nichts!", behauptete Decker ganz unschuldig.
Jedenfalls waren Johanna und Melanie auch noch da und sie lachten ganz laut und unterhielten sich gut. Wir setzten uns einfach dazu, Decker und ich. Natürlich saß ich gleich neben Melanie und es war ein komisches Gefühl, weil ich nicht so recht wusste, was ich jetzt sagen sollte.
Ich zeigte ihr also so ein paar SMS, die mir Hofi mal geschrieben hatte und die einfach saudumm waren, weil ich nichts anderes wusste, und wir steckten die Köpfe zusammen und laberten so rum. Am Ende führte es dazu, dass ich mit ihr wieder am Rumhaun war, und Berger sagte zu Hofi: „Der Chris hurt wieder mal rum." Wir konnten es beide hören, aber sagten nichts dazu, sondern verzogen uns erst mal auf ein Zimmer.
Ich war sauhacke und Melanie küsste eigentlich ziemlich scheiße. Irgendwie machte es keinen Spaß. Im Nachhinein wusste ich nicht mehr, ob sie echt so komisch geküsst und irgendwie seltsam geschmeckt hatte oder obs am Bier lag, das allmählich wieder aus meinem Magen aufstieg.
Jedenfalls wachte ich so um sechs Uhr neben der Melanie auf und merkte, dass sie eigentlich sogar ganz gut aussah, 'ne gute Figur und so. Aber trotzdem bereute ich den Abend davor voll. Ich wusste nämlich, dass sie mich echt nicht interessierte und inzwischen war mir sauschlecht und ich verband das in meiner Erinnerung irgendwie mit ihr, obwohls wahrscheinlich am Alk lag. Jedenfalls verzog ich mich schnell und suchte meine Sachen

zusammen und so.
An der Tür sah ich Melanie noch mal an, wie sie so schlief. Sie war echt eigentlich voll süß und mir war klar, dass ich sie wahrscheinlich nicht mehr vergessen würde. Trotzdem: Der Triumph kam irgendwie nicht, dieses geile Gefühl, das sonst immer dagewesen war, wenn ich ein Mädchen aufgerissen hatte. Ich fühlte mich einfach nur leer und ausgelaugt.
Plötzlich machte sie die Augen auf und sah mich verschlafen an, Das Haar fiel ihr so ins Gesicht, dass sie so richtig verpennt aussah. Sie zog die Decke bis zu ihren Schultern hoch und sah mich unsicher an.
„Das wirst du jetzt wahrscheinlich deinen ganzen tollen Freunden erzählen, was?“, fragte sie.
„Nee“, meinte ich. „Wenn du nicht willst ... ich sags keinem weiter.“
Sie sah irgendwie komisch aus, als würde sie gleich heulen, aber ich wusste nicht genau, warum, und ich konnte in dem Moment auch an nichts denken außer daran, dass mir so schlecht war. Und dass sie so seltsam geküsst hatte. Ich sah sie mir an, wie sie so auf dem Bett saß, und dachte: Wenn sie anders geküsst hätte, dann könnte ich mich voll in sie verlieben. Sie ist genauso hübsch wie Jessi, wenn sie grade nicht irgendwie so ‘ne Scheiße anhat. Aber ich wollte sie echt nicht mehr küssen, es hatte mir einfach nicht gefallen.
„Na dann, ciao“, meinte ich und sie sagte nichts.
Also ging ich runter und Melanie legte sich wieder hin und schlief weiter.
Es war so etwa acht Uhr morgens. Berger und Hofi lagen schlafend am Fußboden, Decker lag auf der Couch, den Arm um Johanna gelegt. Ich schätzte mal, sie hatten miteinander rumgehauen. Oder vielleicht auch nicht. Jedenfalls hatte in der letzten Zeit keiner meiner Freunde auch nur halb so viel Erfolg bei Frauen gehabt wie ich – aber trotzdem fühlte ich mich komischerweise nicht besonders stolz.
Die Wanderung in die Stadt war sogar ganz schön. Zehn Minuten durch die kalte Luft. Ich war wohl immer noch ein bisschen be-

soffen und stank wie die Sau, aber mir kam der Morgen total klar und schön vor. Ich hatte so ein seltsames Gefühl, total friedlich, als könnte alle Scheiße vom Anders, von den Bullen und sogar von Jessi mir nichts mehr anhaben.
Ich fuhr mit dem Bus heim und legte mich sofort schlafen. Ich musste immerhin ‘ne ganze Nacht nachholen, und am Abend würde sicher wieder was gehen.

17

Ich wachte erst um drei Uhr wieder auf. Trotzdem fühlte sich mein Kopf noch immer irgendwie schwer an. In meinem Mund war ein widerlicher Geschmack nach Bier und Siffe, und irgendwie verband ich den Geschmack auch mit der Erinnerung an Melanie und das zerstörte mein ganzes tolles Gefühl. Trotzdem, ich war irgendwie fitter als sonst, so als hätte ich durch sie meinen Körper gestärkt oder so was. Im Vergleich zu dem, was ich gesoffen hatte, ging es mir echt super.
Ich fühlte mich aber trotzdem unwohl, als wäre ein Gift oder so was in meinem ganzen Körper verteilt. Jedenfalls konnte ich echt nicht mehr schlafen, sondern musste unbedingt aufstehen. Das kam wohl vom Whiskey-Suff, da ging es mir am nächsten Tag immer so seltsam.
Ich schleppte mich erst mal zum Bad, putzte die Zähne und sah in den Spiegel. Ich dachte, Scheiße, denn mein Bauch sah irgendwie so gebläht aus, ein Bierbauch halt, und er war mal wieder gewachsen. Irgendwann sauf ich mal ‘ne Zeit lang nicht mehr so viel, dachte ich, vielleicht wenns mal in der Schule und so besser geht oder wenn ich wieder ‘ne Freundin habe.
Ein Blick aus dem Fenster zeigte mir, dass es trüb und kalt draußen war. Ein Wetter, wo keine Sau Bock hat, rauszugehen. Also kramte ich aus dem Kleiderschrank eine alte Sporthose und ein fleckiges Hemd raus, eben Sachen, die man anzieht, wenn man eh nichts macht.
Später dusche ich, dachte ich mir, dann zieh ich mir was

Gescheites an. Aber jetzt nicht. Erst mal fernsehen und fressen.
Ich zwang mich, Wasser zu trinken, obwohl es sich in meinem Mund und meinem Magen widerlich anfühlte. Trotzdem half es ein wenig. Mir ging es schon etwas besser.
Es lief eben genau wie immer, wie die meisten Samstage, und ich wartete vor dem Fernseher, bis es spät genug wurde, um auszugehen.
Na ja, früher oder später musste ich dann raus mit der Sache mit der Anzeige, weil meine Eltern hättens eh gecheckt, wenn der Brief oder was auch immer von den Bullen gekommen wär.
„Gestern hab ich ‘ne Anzeige bekommen“, gestand ich also. „Wegen Trinkens in der Öffentlichkeit.“
„Wie ist denn das passiert?“, fragte meine Mutter.
„Ja, es gibt da jetzt so ‘ne Verordnung ...“, und so weiter. Natürlich tischte ich auf wie Sau und erzählte meinen Alten die reinsten Lügen, dass alles ganz ungerecht wäre und so. Insgeheim dachte ich mir: Nächstes Mal sauf ich an ‘nem Ort, wo kein Bulle hinfindet. Und wenn ich dann abkratz, dann findet der Krankenwagen mich auch nicht. Und dann geht das Geflenne los, das ham die abgewichsten Politiker dann von ihren Drecksgesetzen.
Jedenfalls warn meine Eltern voll auf meiner Seite, und das fand ich auch gut so, weil es echt scheiße ist, dass man nur noch in den fucking verrauchten Kneipen saufen darf und nicht mehr im Freien.
„Die wissen auch nicht mehr, was sie wollen“, sagte mein Vater „Aber keine Sorge, die können uns nichts anhaben. Um die vierzig Euro musst du dir keine Sorgen machen, das zahlen wir für dich.“
Irgendwie freute ich mich richtig, dass meine Eltern zu mir hielten und mir sofort glaubten. Wenigstens zwei Verbündete in der Welt, auch wenn sie manchmal nervten. Zwei Verbündete, weil es sonst nur Feinde gab unter den ganzen Lehrern, Bullen und Türstehern, die mir das Leben versauten.
Das jedenfalls war so das Highlight des Tages, zumindest der Zeit zu Hause, bevor ich in die Stadt gehen konnte. Es kam nur Scheiße im TV, irgendwelche Shows und so, aber das war genau das Richtige, auf eine Handlung oder so was hätte ich mich eh nicht

konzentrieren können. Stattdessen dachte ich über den Abend gestern nach.
Der Fernseher flimmerte so vor sich hin, aber eigentlich gingen die Bilder direkt in meinen Kopf, ohne dass ich checkte, was genau geschah. Trotzdem verging die Zeit so, mehr war auch nicht zu machen. Ich starrte vor mich hin, während das unangenehme Gefühl, gestern Scheiße gebaut zu haben, immer stärker wurde. Ich hatte doch eigentlich immer auf so was gestanden: mit Tussis rumhauen, One-Night-Stands haben ... Und trotzdem, irgendwie fühlte ich mich voll kaputt, einfach nur leer. Da war kein Triumph, mein Leben hatte sich null Prozent verändert, alles war genauso geblieben wie vorher.
Während der Fernseher also lief und seine Scheiße in mich reinspuckte, hing ich allerlei traurigen Gedanken nach und die ganze Welt schien immer elendiger zu werden. So war das samstags meistens, da sah die Welt total beschissen aus und die Wände wollten mich erdrücken.
Na ja, wenigstens war es nicht Sonntag, das bedeutete, ich konnte mich heut Abend mit meinen Freunden treffen und die ganzen scheiß Sorgen vergessen. Ich werd immer saufen und Party machen, so lang ich kann, dachte ich mir, weil später muss eh jeder schaun, dass er 'nen Job kriegt, da ist nichts mehr mit Exzessen und so.
Jedenfalls dachte ich an Melanie und auch an Jessi, aber irgendwie konnte ich das alles gar nicht genießen. Nach und nach, als es mir besser ging, fühlte ich mich auch nicht mehr ganz so leer. Ich hatte langsam das Gefühl, dass es eigentlich doch cool gewesen war mit Melanie.
Irgendwann telefonierte ich mal kurz mit Decker und fühlte mich danach richtig toll, weil er schon irgendwie neidisch war auf meinen Erfolg. Aber trotzdem sagte ich nichts weiter, ich hatte es Melanie ja versprochen:
„Nee, da lief sonst nichts“, sagte ich. „Wir haben halt kurz rumgehaun, dann bin ich heimgefahren.“
„Ach so, wir dachten, du wärst mit ihr in dem Zimmer gewesen.“
„Nee“, sagte ich nur. Aber innerlich freute ich mich.

Ich wusste, Decker und die anderen würden nie davon erfahren, was da passiert war. Es ist immer besser, seinen Erfolg bei Mädchen zu verheimlichen, sonst werden die anderen neidisch und so.

Jedenfalls machten wir aus: halb acht, Asm. Es waren noch ein paar Stunden und das einsame, elende Gefühl kam sofort zurück. Meine Eltern stritten sich mal wieder, ich konnte es live mit ansehen, und ich duschte schnell und verschwand in die Stadt. Es war besser, in der Stadt rumzuwandern, als zu Hause zu sein, wo die Eltern sich fetzen und man die ganze Zeit nur an irgendwelche Scheiße denkt.

Die meisten Leute kennen das: Wenn du dich voll lange auf was freust, auf 'ne Party oder irgendein Event, dann wirds meistens gar nicht so toll. Aber manchmal, an Tagen, wo man echt nichts erwartet, wo man sich denkt: Heut wird wahrscheinlich nichts los sein, da passiert dann irgendwas Krasses.

Im Bus wars so ähnlich. Ich war echt in Gedanken, also mit anderen Sachen beschäftigt, weil irgendwie hatte ich mich grade voll gefreut, dass mein Eltern so zu mir gehalten hatten, und dann war das Ganze wieder scheiße geworden, weil sie sich gestritten hatten.

Jedenfalls saß ich so da und erwartete echt nichts Besonderes – da stand plötzlich Jessi vor mir mit ihren riesigen Augen und 'nem leichten Lächeln auf ihren Lippen. Ich erinnerte mich sofort wieder daran, wie toll sie geküsst hatte, total zärtlich, aber trotzdem nicht zu weich, eben genau perfekt.

Ich starrte sie erst mal mit großen Augen an und sie lachte nur so komisch.

„Hi, Chris“, sagte sie. „Wie gehts so?“

„Ach, passt schon“, sagte ich. Ganz kurz hatte mein Herz so richtig geschlagen, aber dann war mir wieder eingefallen, dass sie sich ja nicht gemeldet hatte und dass sie halt richtig scheiße war. Ich sah sie gar nicht richtig an und drehte mich so halb weg, weil ich keinen Bock hatte, mit ihr zu sprechen oder freundlich zu ihr zu sein.

„Warum hast du gar nicht angerufen?“, fragte sie plötzlich. Ich war

voll geschockt und drehte mich zu ihr.
„Ich dachte, du wolltest mir schreiben!“, sagte ich
„Meine Handy-Karte war leer, sonst hätte ich mich gemeldet. Aber du hättest auch ruhig mal anrufen können.“
„Stimmt. Hey, sorry, war ein Missverständnis oder so was.“
O. k., das wars also. Ich hatte mich völlig umsonst aufgeregt. Sie setzte sich neben mich und ehrlich, sie war schon sauhübsch. Aber irgendwie passte es heute gar nicht. Mir fiel echt nichts ein, was ich sagen sollte, und ihr auch nicht.
Es war eine echt seltsame Situation. Wir merkten schon nach ein paar Minuten, dass wir uns echt nichts zu sagen hatten. Das war nur im Suff gewesen, wo wir halt Scheiße gelabert hatten und so. Aber jetzt gabs plötzlich nichts mehr, es war ‘ne seltsame Situation. Ich hatte so das Gefühl, dass ich irgendwas sagen musste.
„Wir wurden gestern mit Alk im Freien erwischt“, erzählte ich deshalb.
„Ach so.“ Jessi hatte gar nicht so richtig zugehört, hatte ich das Gefühl. Aber sie nickte ganz nett und sah mich an wie auch vorher. Wahrscheinlich hatte sie nie so richtig zugehört, nur im Suff hatte ichs nicht gemerkt. Jedenfalls redete sie irgendwas, sie hörte gar nicht, was ich sagen wollte, sondern laberte nur irgendwelche Scheiße.
Als der Bus hielt, standen wir beide auf und waren irgendwie froh, dass die Fahrt vorbei war.
„Na ja, vielleicht machen wir ja mal wieder was zusammen“, meinte ich.
„Ja ... na ja, in nächster Zeit hab ich ziemlich viel zu tun.“
„O. k. Dann sehn wir uns wohl erst mal nicht mehr.“
„Ja, wahrscheinlich.“
Das wars, ich dachte mir, wahrscheinlich seh ich sie nie wieder, höchstens vielleicht mal im Bus. Aber es war klar, dass wir uns höchstens kurz Hallo sagen würden. Mehr nicht. Da war so ein seltsames Gefühl in mir, das hatte ich schon am Morgen gespürt, als ich zum Bus gegangen war. So ‘ne Stimmung ... halb verloren, aber irgendwie glücklich darüber, wie als wäre ich grade in ‘nem

Traum oder so was. Jedenfalls machte es mir auch plötzlich nichts mehr aus, dass die Jessi gar nicht so war, wie ich gedacht hatte. Vielleicht würde ich die Melanie mal anrufen. Nee, lieber ihr 'ne SMS schreiben. Vielleicht aber auch doch nicht, weil es war einfach zu peinlich und ich musste wieder daran denken, wie seltsam sie geküsst hatte.

Jedenfalls war die Stimmung so. Ich ging zum Asm und es kam mir vor, als wäre ich den Weg schon tausendmal gegangen und als hätte ich das alles schon tausendmal erlebt. Und irgendwie stimmte das ja auch wirklich.

Ich ging also zum Asm und da war noch keiner, aber ich setzte mich hin und saß ganz einfach da, mein ganzes Leben vor Augen, wie es so an mir vorbeizog mit all der Scheiße, mit dem ganzen Dreck, der irgendwie nicht mal besser wurde. Ich saß einfach nur da und sah die Leute, die vorbeiliefen wie in 'nem Film. Ich wartete auf Decker und die anderen und versank immer mehr in meinen Gedanken. Und alles, was ich so in den letzten Wochen erlebt hatte, kam wieder hoch, der Anders und die ganzen Lehrer, die mich vor allen zur Sau machten und mir erzählten, dass ich nichts wert wäre. Meine Eltern, die sich stritten, die Jobs und die Schule, die Zukunft, die ich vielleicht nicht haben würde, und nicht zuletzt Mädchen und alle möglichen Probleme des Weggehens wie die Punks und die Bullen. Es kam alles hoch und mir wurde klar, dass die letzten Wochen die Geschichte meines Lebens erzählten: Sie waren genau so wie die Wochen und Monate davor und so, wie die nächsten Wochen und Monate sein würden. Es war seltsam, denn als ich so dasaß und auf meine Freunde wartete, da war es fast, als könnte ich meine Eltern wieder hören, wie sie stritten. Natürlich hörte ich sie nicht echt, irgendwie musste ich aber trotzdem an sie denken, obwohl ich eigentlich auf sie scheißen konnte. Genau wie auf meine Lehrer, auf die Zukunft und auf alles. Trotzdem nervte es mich aus irgendeinem Grund plötzlich.

Ich schmiss mein Ipod an, steckte es mir in die Ohren, um meine Eltern nicht mehr zu hören und überhaupt, um die ganze Scheiße mal auszuschalten. Die ganze Scheiße des Lebens halt, auf die ich

einfach keinen Bock hatte.
Wahlkampf, von Sido. Das war genau das falsche Lied in dem Moment, irgendwie machte mich schon der Anfang voll fertig:

> „Ganz egal, wen man wählt, nichts ändert sich
> Nichts ändert sich.“

Nichts ändert sich, das dachte ich mit einem Mal auch selber. Man kann sowieso nichts ändern. Ich hatte das Gefühl, als wäre genau das mein Problem, nicht irgendwelche Punks, die sind auch nicht anders als wir, und vielleicht nicht mal die scheiß Lehrer. Irgendwie war ich voll auf Friedenskurs, ich fand diese ganzen Leute gar nicht mehr so zum Kotzen.
Überhaupt fühlte ich mich gar nicht mehr wütend, sondern nur irgendwie leer, ganz seltsam, so ein bisschen, als wäre ich müde, nur ohne dass ich schlafen will. Es war ein komisches Gefühl, das ich gar nicht hätte beschreiben können. Und der Anfang des Liedes klang mir irgendwie in den Ohren.

> „Nichts ändert sich.“

Da wurde mir klar, dass sich wirklich nichts ändern würde. Nächste Woche würde genau so sein wie diese, nächstes Jahr würde die Schule noch genauso scheiße sein wie dieses Jahr. Und wenn ich fertig war, dann gab es wahrscheinlich keinen Job, der mir gefallen würde, wie Thomas gesagt hatte, ich würde schaun müssen, dass ich überhaupt was finden würde.
Ich hatte plötzlich so das Gefühl, als würde die Zukunft nur Scheiße enthalten, als wäre es eh alles egal, was ich machen würde. Ich hatte keinen Bock, über die Zukunft nachzudenken, und auch nicht über die Gegenwart, die war eigentlich auch nicht viel besser, nicht mal am Wochenende, wo wir wenigstens unseren Spaß hatten.
Mir fiel wieder so eine alte Geschichte ein, die mir vor langer Zeit meine Reli-Lehrerin in der Grundschule erzählt hatte. Ich wusste sie nicht mehr genau, aber trotzdem dachte ich darüber nach,

während Sido im Hintergrund rappte.
Die Geschichte ging über einen Straßenfeger, der irgend 'ne lange Straße kehren sollte und der einen Schritt nach dem anderen machte, ohne nach links oder rechts zu schaun, ohne nach vorne zu sehen und Angst zu bekommen, weil die Straße so endlos und dunkel war. So ähnlich war die Geschichte.
Mir kam es jedenfalls so vor, als ginge sie über mich. Ich hatte das Gefühl, als würde ich einen Schritt nach dem anderen machen, ohne irgendwohin zu sehen. Und die dunkle Straße, das war mein Leben, in dem alles immer gleich blieb oder noch schlechter wurde, in dem es keine Jobs und kein Geld gab und nur Scheiße auf mich wartete. Und ich setzte einen Fuß vor den anderen und hoffte darauf, vielleicht ab und zu vergessen zu dürfen, wie die Welt wirklich war.
Wenn man nämlich immer einen Schritt nach dem anderen macht, so geht die Geschichte weiter, dann hat man die Straße irgendwann geschafft, dann ist man am Ende, schneller als man es gedacht hat. Nur dass am Ende der Straße eine noch viel längere und noch dunklere liegt, und das geht immer so weiter, bis man irgendwann stirbt.
Na ja, so ist das halt, wenn du die lange, dunkle Straße entlanggehst, darfst du nicht daran denken, wie weit dein Weg noch ist. Wenn du schlau bist, dann denkst du nur immer an den nächsten Schritt. Du ziehst dir deine Kapuze über den Kopf, siehst schön nach unten und läufst vor dich hin. Wie ein Roboter, ohne darüber nachzudenken, was du gerade tust. Schritt für Schritt, ganz automatisch, nur nicht aufschauen, nur nicht daran denken, wie weit es noch ist. Nur nicht daran denken, dass du ganz alleine auf dieser Straße bist.
So ist das auch mit dem Leben. Egal, was man tut, nichts ändert sich, die Welt macht einen fertig und am Ende verliert man immer gegen die ganzen Lehrer und Bullen und gegen die Chefs vom Kaufland.
Wenn man den Kopf immer schön unten hält, dann ziehen die Tage an einem vorbei, ohne dass man was bemerkt. Eine Woche gleicht der anderen, man lässt die Zeit einfach an sich vorbeifliegen. Wie

ein Roboter.
Wenn man es anders macht, dann wird man verrückt. Wenn man darüber nachdenkt, was man verpasst oder was alles anders laufen könnte, wenn man an die Zukunft denkt und an all die Scheiße, die noch kommen wird – dann muss man einfach irgendwann durchdrehen.
Ich hätte noch weiter darüber nachdenken können, noch saulange, und vielleicht hätte ich irgendwann sogar 'nen Sinn hinter allem erkannt oder verstanden, warum die Welt so ist, obwohl sie doch eigentlich dazu da sein müsste, die Leute glücklich zu machen.
Aber dann kamen Berger und Decker, und wir zogen los, erst mal in den scheiß Asm rein und Saufen besorgen. Und da waren auch zwei Mädchen, die zu uns rüberblitzten. Vielleicht würde ich zu ihnen rübergehen, wenn ich ein par Bierchen gesoffen hatte.
Die Türen des Asm schlossen sich, das Reich des Bieres verschlang uns. Aber die ganze Scheiße blieb draußen. Und auf dem Ipod kam längst ein anderes Lied. Es war eben Freitag Nacht und da gibt es halt nur eines zu tun: saufen.
Denn man kann sowieso nichts ändern.

ANHANG:
Worterklärung (für Erwachsene):

Wort	Bedeutung
Abbrechen	Sich totlachen
Ankotzen	Auf die Nerven gehen
Anscheißen	Ausschimpfen
Bitch	Mädchen (abwertend)
Dübel	Joint
Fotzen (Verb)	Schlagen
Fotze (Subst.)	Mädchen (sehr abfällig)
Gefotzt	Geschlagen
Mongo	Dummkopf
Scheiße	schlecht, negativ, falsch
Scheißen, darauf	Sich nicht darum kümmern
Spasti	Dummkopf, unsympathische Person
Tussi	Mädchen/Frau
Tüte	Joint *oder* Tetrapack mit Wodka-Mixgetränk
Typ	Junge/Mann
Verarschen	Hereinlegen

Quellennachweis:

Titel:	*Gruppe:*
Mittelfingah	Automatikk
Wir kiffen und saufen	Automatikk
Ghetto Fotze	Frauenarzt
Mach dich ran	Frauenarzt
Wahlkampf	Sido
Aufs Maul	Starke Panzer
Endzeit	Mefisto
Sommer	Sommermond

Auch von Marius Meinhof

Marius Meinhof
Die Berge von Kallon
Fantasyroman, 418 Seiten
Burg Verlag Rehau
ISBN: 978-3-937344-36-2, 13,50 €